DARIA BUNKO

天使と家族になりました

川琴ゆい華

ILLUSTRATION 明神 翼

ILLUSTRATION
明神 翼

CONTENTS

この作品はフィクションです。

実在の人物・団体・事件などに一切関係ありません。

天使と家族になりました

1. ハッピーバースデー

何か忘れている気がする。とても大切な、何か。

春から梅雨前までのこの時季は、やらなきゃいけないことが多すぎるせいだろうか。

「んー……なんだっけ」

心のはじっこにぼんやりとしたものが引っかかったまま、瑞生(みずき)は手元の書類から顔を上げた。

濱名(はまな)瑞生は、亡き祖父の代から続く『はまな動物病院』で獣医師として働いている。現院長は母親の濱名ゆり。瑞生は二十五歳で獣医大を卒業してまだ三年なので、代診という立場だ。

椅子の背もたれに身を預け、スケジュールを書き込んだ壁掛けのカレンダーに目を向けた。はやいところだと来週の後半からゴールデンウイークに突入する。そこに描かれた桜を眺めるだけで、今年も本物にはお目にかかれず見頃が終わりそうだ。

「火曜日はオペの予定もあるし」

休診である水曜の午後と日祝日以外、四月は混合ワクチン・予防接種・健康診断などの予約でほぼ埋まった状態。オンラインでペット保険のレセプト請求ができるのは大助かりだが、犬の登録手続きや狂犬病予防接種の注射済票交付の代行もしているので、そちらは直接役所へ出向かなければならない。予防接種が集中する六月まで、動物病院は繁忙期だ。

空き時間――と考えたところで、はっと、失念していた内容を思い出した。

「そうだった」

老いたシーズー犬の往診をお願いされたので、スケジュールを確認し、電話をかける約束をしていたのだ。

時刻は十九時を過ぎたあたり。往診日時の連絡を入れたあと、誰もいない院内をチェックし、最後に施錠を確認して瑞生は病院を出た。

すぐ脇の外階段から上へ。一階が動物病院の受付と診察室、内階段でもつながっている二階がトリマー室と入院施設、三階が瑞生の居住スペースで、母親は動物病院がある根津から車で十分くらいの西日暮里に住んでいる。

瑞生が暮らすこの部屋には、とくに待つ人も訪ねてくる恋人もいない。

帰宅したらユニフォームのスクラブを脱いで、まず風呂に入る。

普段から飾り気のないさっぱりとしたヘアースタイルなので、洗髪前後に雰囲気ががらりと変わるほどの変化はない。二十八歳という実年齢より若く見られがちなのは、顔が童顔なせいだ。ご年配の方にはなぜかうけが良くて、「イケメン先生」と言ってくれる人もいるけれど。

――これっていう特徴なくて似顔絵に描けないー、っていつもからかわれるんだよなぁ。

先週、飲み会のときにも言われた、獣医大時代の気の置けない女友だちからの言葉だ。浴室の鏡に映る自分を見て、たしかに、とひとりでちょっと笑ってしまった。

短く風呂をすませ、母親に貰(もら)った肉じゃがと冷凍ストックの白米をレンチンし、みそ汁をあたためなおして食べ終わったタイミングで、「びゃぁーおん」とドスのきいた猫の鳴き声が聞こえた。時計を見るともうすぐ二十時だ。

「どうぞー」

どこから来るのか分からないので、適当に返す。

食器をシンクに置いたところで、瑞生の足もとに長毛のキジトラ猫が現れた。どっしりとした体つきで、何かを見据えたような目つきが、いかにもボス猫といった風情だ。尻尾がカブの葉みたいに大きく、毛量が多くて立派だから名前はカブ。

「カブさん、こんばんは。ものの けさんを連れてきた?」

『もののけ』とは、生き霊も含めた動物霊のこと。瑞生はそんな彼らの姿が見えるし、実体として感じられる。幼い頃からそうだったので、怖いという感覚はあまりない。瑞生の祖父もものけが見える人で、彼らとのつきあい方を教えてくれたのも祖父だった。

祖父は、日中は『はまな動物病院』の獣医、そして夜間はもののけたちを治癒する『もののけ獣医』だったが、二年前に亡くなり、瑞生がその裏稼業を引き継いだ。祖父の能力が孫である自分に隔世遺伝したのなら、大事な仕事を託された気がしてうれしく思う。

瑞生の問いに、カブが「にゃあご」と短く鳴いて答えた。

カブは見かけだけじゃなく、この辺りを仕切っているボス猫だ。もののけと瑞生を引き合わせる役目をしており、彼もまた、もののけ側の世界にいる。つまり、もう生きてはいない。

そんなカブにジョガーパンツの裾を噛まれ、ぐいぐいと引っ張られた。

「カブさん、何？　どうした？」

カブは口を放し、あごをくいっと上げて、まるで『黙って俺についてきな』とでも言うようにして身を翻す。

「あ、外？」

瑞生はあとを追って階段を下り、ビルから外へ出た。

月明かりのない夜。冷たい風が吹き抜ける中、カブはちらりと瑞生を振り返り、信号が青に変わった横断歩道をすたすたと渡る。病院の前は根津神社で、正面は北参道口の赤い鳥居だ。カブはその鳥居をくぐってどんどん進む。

「カブさん、待って」

入ってすぐの分かれ道を、カブは左へ。神社は十八時で閉まるので、参道を歩いている人は誰もいない。不気味な唸り声に聞こえる風の音、大きく揺れる樹葉がざわざわと騒ぐ。

いくらもしないうちに歩みをとめ、カブがじっと見つめる先を瑞生も凝視した。

白くて大きな鳥が倒れている。カブの案内だし、もののけだと思い込んでいたからそう見えたが、近寄ったところで瑞生は「わっ」と驚いた。

鳥ではなく、白い服を着た普通の人間だったのだ。しかも裸足。外国人かもしれない。

倒れている人の傍に跪き、顔を覗く。俯せの髪は濃い蜂蜜色。

「ちょっと、あのっ、どうしましたっ？　だいじょうぶですかっ？」

瑞生の呼びかけに「ううっ」とうめき声で答え、その人は自力で仰向けになった。しかめっ面の男性の顔があらわになる。意識はあるようだ。

「急性アルコール中毒とかかな……でもお酒のにおいはしない……」

カブは瑞生とものの けを引き合わせる役目のはずなのに、「近くで人が倒れてるぞ」とおしえにきてくれた、ということだろうか。

屈んだ瑞生の脚を、カブががりがりと爪で引っ搔いている。

「カブさん、この人、もののけさんじゃなくて、ちゃんと生きてる人……」

そう返しつつ彼の肩の辺りにふれた瞬間、肌がざっと立ち上がる感覚があり、瑞生は「うわっ」と飛び跳ねるように離れた。勢いあまって尻もちをついたところで、小さく喘ぐ。

死んだ人の霊にふれたときに感じる悪寒にとても似ていたから吃驚したが、どうもそれとは違う。しかし、生きている普通の人間にはない、何か、を感じるのだ。

身体の内側がかあっと熱くなり、なんだかそわそわする心地で、胸がどきどきとして、瑞生はしばし戸惑った。

「……生きてる人？　じゃない？　え、何……」

さわるというのは、関わる、ということだ。なんだかよく分からないものに、不用意にさわってしまった。いつもだったら、この世にはいない人（ようするに霊）かどうかは見た目ですぐに気付くのだが。万が一、これが人の霊だったらまずい。

「カ、カブさぁん！　ぼくはもののけさんしか診れないって言ったじゃん！」

普段は、人の霊には関わらないようにしている。人の霊は力が強すぎて、瑞生の手に負えないからだ。責任が取れないなら中途半端に手を出すな、が祖父の教えだった。

彼の見た目はたしかに、血のかよった普通の人間のかたちをしている。しかし、もののけと瑞生を引き合わせる役目であるカブがここへ案内したのだから、彼が普通の人間ではないのは明らかだった。

「もののけさんでも、生きてる普通の人間でも、人の霊でも、ない……」

自分の判断にこれほど迷ったのは、はじめてだ。

カブは「ぬあああん」と何かを訴えているが、瑞生はもののけの姿は見えても、動物の言葉までは残念ながら分からない。

はっきりしているのは、倒れている彼が『普通の人間』ではない、ということだけ。乱暴に括って定義するなら、『この世のものではない、えたいの知れない何か』だ。

「どうしよう。さわっちゃったよ……なかったことにしてくれませんか？」

そうつぶやいて手のひらを見て、瑞生は今度は声も出ないほど驚いて蒼白になった。指先や手のひらにべっとりと赤い血がついている。そして同時にはっとした。

「……においがする」

血のにおいだ。もののけや人の霊は血を流しても、においはしない。血がにおうのは生きている人間と、生きている動物だけだ。

「え……やっぱり生きてる普通の人間？　どういうこと？　分かんないよーっ！」

魑魅魍魎のいざこざに巻き込まれるのはたまらない。

困り果てて、瑞生がカブを縋る目で見ても「ぬあん」と通じない猫語が返ってくるだけ。

普通の人間でもないし、人の霊でもない。でも彼は生きている。えたいの知れない何かだけど、血を流しているものを放っておけない。獣医とはいえ、命を預かる仕事をしているのだ。

瑞生はええい、と覚悟を決めた。

「手首にさわっていい？　脈を測るだけだよ」

返事なんて待っていられない。

掴んだ手首の橈骨動脈でちゃんと鼓動を感じる。人と比べて速い。まるで鳥みたいだ。

「ケガしてんの、どこ？　ちょっと、身体動かすよ？」

俵を転がすようにして彼の身体を瑞生の太ももに寄りかからせ、背中のほうを覗いてみる。肩甲骨の辺りから肩にかけて、白いシャツに血が滲んでいた。しかし、一大事というほどの出血じゃない。

瑞生は「失礼」とひとこと詫びてシャツを裾からまくり上げ、患部とおぼしき箇所をスマホのライトで照らしてみた。

左右の肩甲骨に沿って大きな瘢痕――傷痕がある。出血は左側からだけだ。

瑞生は眉を寄せた。まるでそこにあった何かをそぎ落としたかのような剥皮創。古い瘢痕ではなく、最近塞がったのではと推測する。左右どちらも同じタイミングでついたものに見受けられるが、どうしてそうなったのか見当がつかない。

「背中の傷があったところからちょっと出血してる。何かに背中の患部をぶつけたのかも。がんばって、だいじょうぶだから」

彼の長めの前髪をはらってやると、瑞生の問いかけに反応して薄く目を開きかける。まるで深い眠りの淵でさまよう人のよう。

どこか遠くへ行きかけている気がして、瑞生は声を張った。

「目ぇ開けて！　こっち見て！」

すると瑞生の呼びかけに応えるようにまぶたがぴくぴくとして、彼がゆっくりとその目を開けた。

薄暗い街灯の下で見つけたのは、濃密なシェリーカラーの眸。宝石はあんまり知らないけれど自分の誕生石のトパーズみたいなそれに、一瞬、心を奪われる。

彼はゆっくりと二、三度まばたきをした。

瑞生の呼びかけに反応があり、とりあえずほっとする。

「……よかった」

でもまだ朦朧としているのか、眸が不安定に揺れている。

瑞生が息を詰めて見守っていると、やがてはっきりと視線が絡みあい——瑞生はなぜだか首筋から耳まで熱くなって、胸がぎゅっと絞られる心地になった。はじめてふれたときの粟立ちとも違う、もっとあたたかな感覚だ。

彼の眸はシロップみたいに潤み、とろけて見える。うっとりと一途に視線を注がれて、瑞生は次の言葉を発するのに時間がかかってしまった。

「……え、と……あの、ぼくが見える？　名前は？　日本語分かりますか？」

彼は小さく「ニナ」と返し、瑞生が「ニナ？」と聞き返すとうなずいて答えてくれる。その間も、目を逸らさずに彼にじっと見つめられて、瑞生は身の置き所がない気分にさせられた。

「頭打ったりした？　背中以外に痛むところは？」

「……ない」

「とりあえず起きられるかな。むりそう？」

「……起きられる、と思う」

起こすために介助してやったが、最初あった独特のぞくぞく感が、慣れなのかなんなのかこ

のときにはもう消えていた。

ニナは身を起こして、その目線の先、彼の足もとにいたカブに注目している。ニナにも、もののけが見えるらしい。

「不躾なこと訊くけどさ……人間じゃないよね？」

百パーセントの確信がないと訊けない問い。

ニナは問いに対して笑うでも怒るでもなく、瑞生に何か訴えかけるような相貌になり、やがて小さく息をはいて俯いた。どことなく憂いのようなものを感じる。

「人間じゃないなら、きみはいったい……？」

沈黙を肯定と解釈した次の問いに、ニナは今度こそ「天使」と短く答えた。

「天使……」

あまりに突拍子もなくて、ぽかんとしてしまう。

天使というのは架空の存在だ。実在するもののけとは違う。

——たちの悪い冗談……は言いそうに見えないけど。何か別の、言いたくないことを隠してる、とか、だったり……。

羽を持つもののけだっているが、天使だなんて祖父からも聞いたことがない。

瑞生は生まれてはじめて会った『自称・天使』に、当たり前の疑問をいだいた。

「でも天使って、羽があるんじゃないの？」

「羽はあったけど、今はない」

「ないってどういうこと？　じゃあ、天使だっていう証拠は？」

羽がないのに、他に証拠を出せとはずいぶん意地悪な質問かもしれないが。

「……切り落とされたから、証明できない」

ニナの答えに、瑞生は顔を顰めた。自分が鳥でなくても、その痛みは想像に余りある。

彼の左右の肩甲骨に沿ってついていた傷は、そこにあった何かをそいだような痕跡だったな、と頭の隅に浮かんだ。

「背中の傷痕が、そう？」

ニナは目を逸らしたまま、こくりとうなずいた。

納得するまでには至らないが、そこから出血しているので、彼の言葉が真実なのか嘘なのかの検証はひとまず後回しにすることにした。

「とりあえずうちで傷の手当てをしてあげる。ぼくは動物病院の獣医だから、傷の具合と内容によっては知り合いの医者を紹介する」

「それは、人間が診てもらう医者？」

「人は人の病院で、動物ならうちで診るよ。きみが天使だっていうなら……うーん……人間の病院へ行ってもいろいろ困るだろうし……。保険証とか持ってる？」

その問いに、ニナは「保険証？」とその言葉そのものを知らないような反応を示した。

「天使はもののけの鳥に分類していいのかな……。とにかく、うちの病院は道路隔ててすぐ、目の前。立てる？」

瑞生が肩を貸すと、ニナは支えられながらゆっくりと立ち上がる。

百七十センチの瑞生が彼を軽く見上げるかっこうになるから、百八十センチはなさそうだ。

「あ、治療費はいらないよ。ぼくは、夜は無償でもののけの獣医さんをしてるんだ」

意味が通じるかなと思いつつ彼の顔を覗き込み、にっこり笑って説明すると、ニナは最初に熱っぽいまなざしを向けたのとは違って、気まずそうに視線を逸らす。その思春期の男の子のような反応が、瑞生には新鮮に映った。

「足もとにいるのはもののけ猫のカブさん。あ、そうだ。ぼく、まだ名乗ってなかったね。濱名瑞生といいます」

天使を拾った夜はちょうど新月。新月は、それまでのものがリセットされて新しく始まる日なのだと聞いたことがある。

濃紺のビロードみたいな夜空はしんとしていて、何かが始まる前の静けさを瑞生はぼんやりと感じていた。

背中の傷を消毒してやり、もののけを治療するのと同じように処置をする。

止血するために電気メスを使う前にも「しつこく訊くけど、人間じゃないんだよね？」と確認したのは、獣医は人に対して医療行為を行ってはいけないからだ。

彼に説明したとおりもののけからは治療費は取らないし、薬剤を使った場合はなぜだか減らない。不思議な何かが起こっているのは瑞生が知るかぎり祖父の頃からなので、それが『どうして』とか『どこから』とか、答えのない疑問を、瑞生もいだかないようになった。

「……消毒用のアルコールが減ってる。やっぱりもののけじゃないってことだよな」

瑞生のつぶやきに答えるように、足もとでカブが「ぬぁあん」と鳴いた。

レントゲンやCTを撮るなどしたらどこか違うのかもしれないが、ニナの外見は人間と同じだ。はじめてふれたときはとても速い鼓動を打っていたけれど、今はほぼ標準値。最初はあった妙なぞくぞくも今のところ何も感じない。

病院に連れてきてから気付いたが、ニナの姿はガラスにも鏡にも映っていた。もののけは映らない。おそらく誰の目から見ても実体があり、人間と同じように認識されるはずだ。

——医者に詳しく身体検査してもらったほうがいいかもしれないけど、人間じゃないってことが他人に知られる可能性もあるわけだし。うーん……。

見世物状態に追い込みたいわけじゃないのだ。

瑞生が片付けをしている間、ニナは上半身裸で診察室の椅子に座ったままカレンダーの桜を見ていた。天使だというからどことなく中性的な体つきなのかなと予想をしていたが、ちゃんと運動していると分かる筋肉がほどよくついた成人男性の体形だ。

「服に血がついてるから、とりあえず……このTシャツを着てもらっていい？」

ニナはうなずいて、受け取ったものを身に着けた。

見つけたときはだいぶ弱っているような様子だったけれど、明かりの下で見ると思いのほか元気そう。顔色も悪くない。

「天使は、空のずっと上のほうからやってきたのかな」

瑞生の問いにニナは「天界。独楽みたいなかたちをしたものが浮かんでるかんじ」と答えた。

どれほどの距離なのか想像もつかないが、そこから地上に落ちた衝撃で、最初は気を失っていたのかもしれない。

「今日、天界から来たばかり？」

ニナはわずかにこくりとうなずいた。

こうなったらもう乗りかかった船だ。

瑞生は自分の椅子に座り、ニナと向き合った。瑞生に見据えられて、ニナが緊張した面持ちで身体を硬くする。

「ところで、この背中は、誰にやられたの」

手当てをした者として、それは訊くべきだと思ったのだ。何か困っているのなら、可能な限り助けたい。

　ストレートな問いに、ニナは一瞬躊躇したように見えた。

「……神様に」

「神様って……。じゃあ、何かの罰を受けたってこと？　羽を切り落とすなんて、神様ってそんなひどいことするの？　鳥なら死んでしまうよ」

「羽を持つ天使が人間として地上で生きるためでもあるし、しかたない」

　そんな残酷な行為が、しかたない、では片付けられないと思うが。

　これから人間として生きるなら羽がついたままでは普通に生活できないだろうから、それについてはひとまず「そうか」とうなずくしかない。

　──誰かに軟禁されてたとか、虐待されてるとかじゃないよな……。

　他に痣もケガも見当たらないが、相手を庇って嘘をついている可能性はある。

「……何か困ってるなら、警察とか、しかるべきところに相談したほうが……」

「……瑞生だって、俺の話を信じてないのに？」

　いきなり名前呼びされたことに内心で怯んだものの、上辺の憂慮をぴしゃりと指摘されて、瑞生は「そうだね、ごめん」と謝った。ニナがそういう公的機関を頼ったところで、精神疾患を疑われ、対応できそうな病院や別の窓口を紹介されるだけかもしれない。

　しかし『自称・天使』含め、まるまる信じろ、というのが土台無理な話だ。

「羽を失った理由は？　どんなことした罰？」

「それは……」

言いにくそうに口ごもり、しばらく待ってもその続きが出てくる様子がない。

堕天使、という言葉なら知っている。神の掟を破り、反逆し、追放された天使のことだ。

「誰かを殺したとか、そういう物騒なのじゃないよね……」

ニナはそれに対しては慌てたように「違う」とはっきり否定する。質問の内容によっては戸惑いを見せるものの、まっすぐに瑞生を捉え、おどおどはしていない。

「うーん。流刑、みたいなものかな。いつかもとの世界に戻れる可能性は？」

「俺の場合は永久追放じゃないから、地上で人間としてまじめに、正しい行いをして生きていれば、戻される可能性もある」

「じゃあ、地上で何か大きな罪を犯すとか、人の道に背く行いをすれば、今度こそ永久追放になって二度と戻れなくなったりするってことだよね。神様ってどこかから見てるの？」

「天界からご覧になっている。月のない夜だけは、地上が見えないけど。でも地上には天界ブローカーがいて、天使が悪事をはたらけば彼が神様に報告することもある」

天界ブローカー。なんだか物騒なネーミングだ。

「そのブローカーの人は、神様の手下ってこと？」

「手下というより、落ちた天使の請負人で、天界との仲介人。任された仕事として淡々と処理するだけで、自身の感情に左右されないって聞いてる。だからたとえ天使が地上で野垂れ死のうと、いっさい手助けしない」

ニナの話では、天界ブローカーは他にも、地上に落とされた天使がひとまず人間として生きていけるように戸籍やＩＤを作る役割を担っているらしい。

「戸籍を作るって……それ本物？　違法に売買されたものをあれこれしてる悪い人じゃないの？」

「違法なものじゃない。その仕組みは詳しく分からないけど……人として生きていくために戸籍だけは必要だから。事実、俺には戸籍があるだけで、住むとこも仕事もお金も、何もない」

ニナはポケットからおもむろにカードを取り出し、「気付いたらポケットに入ってた」とそれを瑞生に見せた。

個人情報が記載されたＩＣカードだ。瑞生は目を剥いて固まった。

「あー、あのね、こういうのは安易に人に見せちゃいけないよ。いやっ、ぼくは何もしないけど、悪用する人いるから。ていうかさ、これをそのブローカーの人がニナのポケットに入れたとき、ニナはあの場所に倒れてたわけだよね。それなのに助けようともしなかったってこと？」

「だから、ほんとうに、いっさい手助けしない」

倒れている者を放置して去るなんて、仏心はないんだろうか。

「ところで、日本人の名字を持ってるんだね」

ニナはまだあまりそれを見ていなかったのか、「あぁ、……宮本、ニナ」と自分の氏名を他人事みたいに読み上げている。

何もかもがあまりに突拍子もない話すぎて、「これはフィクションです」と言われたらやっと「だよね」と納得する内容だ。

「それで……戸籍以外は何もない、ってどうやって生きてくの。誰か頼れる知り合いとか」

「とりあえずは働けるところを探すとか……。みんなひとりで、そうしてる」

だからといって、無一文で放り出された人がみな、ちゃんと自立できるものだろうか。保険証すら知らないようだし、身寄りもない東京で。知らず知らずのうちに、もしくは否応なく、悪い世界に引きずり込まれたりしないだろうか。

——えーっとつまり……これ以上質問したら、その答えの責任を負うというか、面倒を見てやらなければ、っていう流れに……なりはしないか？

しかしすでに、ニナがお金も住むところもないことを知ってしまったのだ。

ニナはしばらく難しい顔つきで俯いていたかと思うと、何か決意したような目で瑞生を見た。

——ここに置いてください、とか言われちゃうっ？

瑞生が息をとめて待つと、予想と違ってニナは「ありがとうございました」と頭を下げた。

「え？」

「背中の傷を、手当てしてくれて」

「あ……うん。もののけ獣医として当然のことをしたまでで」

ニナはもののけでも人間でもなく、天使なわけだが。

瑞生がもののけ獣医になって三年。祖父がいた頃から、その仕事を傍で見てきた。

ニナは瑞生が生まれてはじめて遭遇した『天使』だ。瑞生の知らないことが多すぎて、彼の話をどこか疑って聞いてしまうけれど、悪い人にはどうしても思えない。それはもはや根拠のない勘だ。そんな考えで中途半端に手助けするのは、ただ自己評価がしたいだけで相手のためじゃないのでは、と言われてもしかたないとも思う。

ニナが腰を上げ、立ち去るけはいを感じて、瑞生は咄嗟に彼の腕を掴んだ。このまま行かせてはいけない気がするし、今そうしたら、きっとずっと彼の行く末が気になる。

「どこ行くの」

「……手当て、してもらったから」

「だから、どこ行くんだよ」

ニナは答えない。行くところなんてないからだ。

「ニナは今日、天界から来た……っていうか、何か理由があって追放されたわけだよね。天界から地上に落とされた衝撃で気を失って、神様によって切り落とされた羽の瘢痕から出血してしまった……そういうことだよね」

瑞生の確認に対し、ニナはこくりとうなずいた。

ニナがほんとうに天使なのかどうかは証明しようがないのだし、それを事実としていったん受け入れなければ話は進まない。

瑞生は目を瞑（つむ）って自分自身に折り合いをつけ、ほんの数秒ののち、ぱっとまぶたを上げた。

祖父も生きていたらきっと、自分と同じように考える。このまま彼を行かせられないと。

「とりあえず、今日はここに泊まって。けっこう遅い時間だし、花冷えだし、あしたのことは、またあした考えよう」

今日のこの判断は、間違っていないはずだ。

「そう思うよね、カブさん！」

瑞生が縋るように同意を求めると、カブは「ぬぁあん」と鳴いて、大きな尻尾を揺らしながら診察室から出て行った。つまり、異論なし。この辺りにいるもののけたちの長（おさ）であるカブが縄張り内によそ者が居座るのを認めたということは、『その天使は悪いやつじゃない』と示していると解釈していい。

――カブさんはそういうのけっこううるさいし。

引っぱられるようにして再びもとの椅子に腰掛けたニナが「ありがとう」と会釈したあと、再び何か言いたげにする。

「花冷え……って、何」

「あ、あぁ、桜の花が咲く今の時季に寒くなることだよ」

「桜……」

瑞生が指をさした先にあるカレンダーの桜。ニナもそちらに視線を向ける。

「……綺麗（きれい）な言葉」

「え？」

ゆっくり振り向いたニナのシェリーカラーの眸は、問いかけた瑞生と視線を深く交えた途端に、戸惑いの色を浮かべて逸らされる。

彼が面はゆそうに「花冷え」と覚えたての季語をつぶやくのを、瑞生は心がふわんと浮き立つような、不思議な気持ちで聞いていた。


その晩、客用のふとんを瑞生の寝室に準備した。ベッドの横の板張りに並べて敷く。

そういえば、天使はいつもどうやって眠るのだろうか。

——木の上？　何かの物陰？　巣みたいなものを作って寝床にするとか？

さっき、ニナに焼きたらこ入りのおにぎりを食べさせたのだが、握っている最中にはっとして「天使って何食べるの？」と慌てて訊いた。

ニナから「なんでも食べる」と言われたが、瑞生の中で、天使は『もののけの鳥』という括りになっているので、思考がそういう方向へ行きがちだ。

「ニナ、ふとんで眠れる？」

ニナはうなずきながら、抱えた枕をにぎにぎとしている。ふかふかで、触り心地がいいのだろう。

どうぞと招くと、ニナが瑞生のベッドのほうをじっと見たので、「こっちで寝たい？」と冗談で訊いたら、ニナは慌てた様子で首を横に振った。

――口数少ないし、人見知りかなぁ。

用意したふとんにまくらを置くと、ニナはおとなしくそこに座ったものの、所在なげに視線をふらふらとさせている。

このままじゃお互い眠れそうにないので、「豆乳入りのホットココアとか、飲む？」と声をかけ、ふたりともいったんリビングに戻った。

温めた豆乳にココアを溶かして、牛乳と砂糖も少しプラス。ココアのテオブロミンと、牛乳と豆乳に含まれるトリプトファンで快眠効果を上げるんだよ、と説明をつけるのもポイントだ。精神的に安定する飲み物だと理解することで、より効果がアップする。

向かいに座るニナはホットココアをひと口啜り、おいしかったのか目を少し大きくして、立て続けに三口、無言で飲んだ。

物慣れないそぶりが目立つから若く見えるけれど、何歳なのだろうか。

名前以外、彼自身について分からないことだらけだが、瑞生からすると天使という存在そのものが謎だ。

「天使って、どういうことしてるの？」

瑞生が知っているのは、天使は神様の使いといわれている、ということくらい。

「神様の補佐として従事している者もいるし、神様のお告げを夢に見せて伝える役割の者もいて、俺は……『天使の一撃』を撃つのを任されていた」

「天使の一撃？」

「恋を忘れさせることができる。かなわない想いや恋心を、薄れさせたり、完全に消したり。人が願い、それが神様の耳に届いて命令が下される場合もあるし、神様が判断して、命令を下す場合もある。そうしないと、人の多くは新しい恋ができないから」

「キューピッドは恋をかなえるっていわれてるけど、その逆ってことか……。えっ、じゃあ、ぼくの幼稚園時代の初恋とか、天使の一撃で薄れたのかな？」

瑞生が目をぱちりと大きくしながら問うと、ニナは口元をわずかにゆるませた。

「その年頃の子どもは移り気で、心が柔らかで、恋を忘れやすい。もしくは、恋心ではなくて憧れだったり、もっと単純な好意だったり。年齢を重ねるほど、恋心は複雑に、忘れがたいものになっていく」

ニナの説明にはなんだか納得がいった。自分をコントロールできなくなるほどの恋情というのは、子どもの頃にはなかった気がする。

瑞生は大人になった今でも、そういう経験は皆無なわけだが。

「小、中学生の頃に好きだった女の子には、好きって言えないまま卒業しちゃった。大学時代につきあってた人がいたけど、恋って呼べるような焦がれる気持ちにならないで、お互い獣医を目指す同志、ってかんじ。デートより勉強優先で、卒業して獣医になって、気付いたらこの歳……あ、ちなみに二十八歳なんですが。ニナは何歳？」

「二十四歳」

天使の平均寿命は何歳なんだろうか――なんて考えて、咄嗟に気の利いた返しができない。人間より長くても短くてもショックを受けそうで、知りたくないと思ってしまったのだ。

「日本人って若く見えるっていわれるけど、ニナから見てもそう？」

「……最初見たときは十代か、俺より年下かと」

「え～？　十代はないわー。恋愛偏差値は十代も同然だけど……」

自分で言いながら切なくなる。

溺れるほどの恋愛経験がないから、もしかするとこれまで一度も、天使の一撃を受けたことがないのかもしれない。

「あ、じゃあ、その天使の一撃を今も撃てるの？」

「神様から石鏃を拝受しないと撃てない」

「せきぞく？」

「石でできたやじり」

　ニナの答えを聞いて、瑞生は思わず笑ってしまった。

「ごめん、ぼくが想像してたのと違ってたから。一撃っていうから、エネルギーを手元で集めて固めた弾みたいなのをドーンって放つイメージだった。そっか、超能力者とかじゃないもんね。子どもの頃に見たアニメの影響で……って言っても分かんないよね」

　ニナは瑞生に気を遣っているのか、ぎこちないながらも口元に笑みを浮かべている。

「訊きたいことといっぱいありすぎるなぁ。動物学的にも、人間の身体とどう違うのかとか。必要なさそうだから鳥類が持つ砂嚢はないよね？」

　砂嚢とはつまり砂肝だ。鳥類は口に入れた物を噛まずに呑むので、砂嚢で処理して胃に送る働きをしている。

「ないよ。違いがあるのは、天界にいるときはもっと脈拍が速いとか、暗いところでは目が見えにくいとか。……でも、もともとそんなには大差ないと思う」

「あー、鳥並みの脈拍だったもんね。じゃあ今は、ちょっと地上に順応してるってことかな」

「あとは……」

　ニナが口ごもったので、瑞生は「ん？」と先を促した。

「……発情期がある」

「発情期！　えっ、いつ？　春とか？」

「春から夏にかけてがいちばん……あとは秋口とか、年に数回」

「まさに今から！」

性欲過多になって、道行く人を誘惑したりするんだろうか——そんなことを考えながら驚きを隠せずにいたら、ニナが困った顔で笑った。

「発情期だからって誰彼構わずということはないし、自制できる。でも個体の性格も大きく影響していて、不特定多数とつがう天使もいる」

「まぁ……その辺は人間と同じといえば同じか。人間は年中発情可能な分、ずいぶん奔放な人もいるしね。あ、でもぼくはこれまでじつに慎ましい人生で……」

ニナが思いのほか真剣な顔で聞いているのに気付き、いい歳して恋愛経験不足を自慢しているようで恥ずかしくなってしまった。

「発情は個体が持つ生命力の表れなんだし、恋をするっていうのは素晴らしいことだよね」

なんだか最後に取ってつけたみたいだ。

これまで恋愛をおろそかにして、相手に対して一歩どころか数歩ひいていた自覚があるので、説得力に欠ける気がする。

——ひいてるのが相手に伝わっちゃうのもあって、うまくいかなかったんだよな。だからそんなぼくが恋愛を語るのも恥ずかし～って思うし。

恋に尻込みするのは瑞生の性格的な部分も大きいが、もののけ獣医なんて特殊な裏稼業を理解してくれる相手じゃないと難しい、と交際が始まる前からつい考える。大学時代の恋人には、ついに最後まで話せなかった。それを話せる相手かなと躊躇したり、踏み込む前に諦(あきら)めたり、話さないことが裏切りのようにも感じて、の繰り返しだった。

自分の恋愛話で会話を広げるのは無理があるので、断然興味があるニナのほうに話題を振ることにする。ニナはヨーロッパのショーモデルみたいに綺麗な顔の美男だし、相当モテるに違いない。

「ニナは、恋人はいるの？」

瑞生の問いで、ニナの表情が少し曇った。

「……いた」

「いた、ってことは、さよならした？　地上に降りる前に？」

瑞生が寂しげにうなずいたとき、来訪者を報(しら)せるチャイムが鳴った。

時計を見るともう二十二時を過ぎている。

「こんな時間に……急患かな」

都内には急患に対応してくれる動物病院が多くある。

ここは夜間に限りもののけたちの動物病院だし、通常は小動物の急患を受け入れていない。もののけなら、カブが連れてくる。小動物の急患だったら、普通は電話でアポイントが入るものだ。母親だとしても来る前に連絡をくれるはず。

何事だろうかと思いながら玄関を開けて、瑞生は「うわあっ！」と声を上げてしまった。

「ええっ⁉　何っ⁉」

全長百五十センチはありそうな、白い鳥がいたのだ。翼をばっさーと広げていたから翼開長は二メートルを優に超えている。するどい目つきの、その目の回りが赤く、風切羽（かざきりばね）と尾羽が黒色。くちばしを「カカカカカカッ！」とクラッタリングさせる音も大きい。

「ちょ、ちょっと待って、静かにしてっ。ん～？　もしかして……コウノトリ？」

これまでに一度も診たことがない大型の水鳥だ。コウノトリと思（おぼ）しき鳥は広げていた羽をたたみ、ぎろりと瑞生を見てくる。「とんでもない急患が来た……飼い主さんは？」と困惑して辺りを見回すが、外へ続く階段にも誰もいない。

すると、背後から現れたニナが茫然（ぼうぜん）とした相貌で「コウノトリさん……」とつぶやいた。

「え、ニナの知り合い？」

いつものものけたちを診ているから珍客や急患にあまり動じない瑞生も、今日は驚くことばかりだ。

二の句が継げない様子のニナを見守っていたら、コウノトリのくちばしで頭をこつこつとつつかれた。

「……何？」

すると今度は大きな籐(とう)かごをくちばしでぐいぐいと押しやってくる。宅配用の段ボールでいうと三辺で二百センチはあろうかというようなサイズだ。

キャラメル色の籐かごは持ち手がついたピクニック用バスケットのかたちで、ふかふかの中敷きと、その上からフリル付きのかわいい布がかぶせてある。そのかごの下に、A2サイズで厚みが十センチの箱が括りつけてあった。

「何これ。何が入ってんの？　えっ、もしかして、これ運んできたの？　いや、そんなわけないよね……」

いくら大きなコウノトリとはいえ、くちばしに咥(くわ)えて運べるものではなさそうだ。かぶせられた布の上に白い封筒を見つけて、瑞生はそれを手に取った。

「……『宮本ニナ様　&　濱名瑞生様』……え……なんで？」

ひっくり返すと、赤いハートの封蝋(ふうろう)が押してある。ニナも背後からそれを覗き込んだ。

ニナはつい数時間前にここへ来たばかりだ。どうしてふたりが一緒にいると、第三者が知っているのだろう。

不可解さに怯(おび)え、その封筒をもとの位置にさっと戻す。

「こ、怖いんだけど。ネットで何も通販してないし、なんかの間違いじゃない？　ほんとにこれ何……」

コウノトリに問いかけたところで「カカカカカカッ」としか返ってこない。

「あぁっ、分かった！　新手の送りつけ詐欺だ。開けたら高額請求されるとかじゃないの？」

開けたらも何も、封などされていない。籐かごに軽く布がかけてあるだけだ。

瑞生はおそるおそる、その布をちらっと捲って覗いてみた。

「……ん？　たまご？」

ダチョウのたまごなんかより、もっとずっと大きい、生成り色のたまご。指先でそっとふれ、とんとんとノックしたときの感覚で、殻が厚そうなのが分かる。

「それにしてもおっきいなぁ……。これ、なんのたまご……あーっ！　ちょっととっ」

瑞生がたまごに気を取られているうちに、コウノトリはすでに階段を下りきっていたのだ。

「ま、待て待て待って！　こんなもの置いていかれても！　受け取り印もなしにっ！」

慌てて追いかけるも、コウノトリは翼を大きく羽ばたかせて、すいっと夜空に舞い上がってしまった。立派な羽で風を切り、夜の闇に高く昇って、その姿はどんどん小さくなる。

「ええー……うっそだろ……」

追いかけてきたニナもその空を見上げているが、彼のほうは無言だ。

「そんな……。いや、ちょっと待って。ニナはあの鳥のこと知ってるんだよね」

「コウノトリさん」

「いや、うん、それはぼくも分かってる。あの鳥が持ってきた封筒にニナの名前が書かれてあったし、あれは、天界からの使いとか、そういうの？」

「コウノトリさんは、赤ちゃんが入ったたまごを天界から運んでくる」

瑞生は「んん？」と唸り、腕を組み、首を捻った。

ドイツの迷信が由来だとか、『幸の鳥』という当て字から連想したなど諸説あるが、本来であればコウノトリが赤ちゃんを運んでくるなんてことはあり得ない。

「訳が分からない。じゃああのたまごの中にはヒナじゃなくて赤ちゃんがいるってわけ？」

瑞生の疑問にニナが「そう」と答えた。

「誰と誰の子よ」

「それは封筒に書いてあって」

「……はい？」

封筒に書かれていたのは『宮本ニナ様　&　濱名瑞生様』だ。

――こんなときに何言ってんの、この人。

普段は温厚なのだが、そんな感情をあらわにしつつ困惑している瑞生に、ニナは相変わらず困った顔をするだけ。

いったい何がどうなっているのか分からないまま、コウノトリによって玄関前に置き去りにされた籐かごのところにふたりで戻った。

「たまごだし……とりあえずうちに入れるしかないのか……。ケガしてるのとか生まれたての猫や犬を病院前に置いてかれることはときどきあるけども……」

籐かご自体の重さは、五キロといったところか。

——殻の分を引けば、正味おおよそ新生児の重さになりそうな。いやいや、まさか。あり得ない。

リビングにででんと籐かごが置かれ、瑞生はその前に屈んだ。ニナも横に並ぶ。

たまごの殻に耳を押しつけてみると内側から、こつこつ、と何かがいる音がしたから驚いた。

「わわっ！　ほんとに中に何かいるのが分かる……！」

瑞生が手でたまごの殻をノックすると、しばらくして同じように反応が返ってくる。となりを見ると、ニナも驚いた顔をしていた。「はじめて見るの？」と訊くとニナは「たまごははじめて見た」と戸惑いながら答える。

「これ……もうちょっとで出てくるかもしれない」

瑞生は再び、赤いハートの封蝋が押された封筒を手に取った。開封するとカードが入っていて、瑞生には読めない言語で何やら書かれてある。

「封筒に親の名前が書いてある、ってさっき言ったけど、もうひとりの名前がぼくっておかしいよね？　……んんっ？　ニナってもしかして女の子だったたっ？」

さっき治療する間に何度も上半身にさわったが、女性かと疑う余地もないほど、男らしい体形だったのだ。

「いや、男」

「だよね。じゃあ相手は？　このたまごを産んだおかあさんはどこにいる？　何してんの？」

「それは……」

訳ありなのか、口を噤む。

――大事なところで黙られるのは困るんだけどなぁ。

不信感だけ膨らんでいく。

「ニナはおとうさんなんだよね？　しっかりしないとさ……」

厳しいことは言いたくないが、責任を持って育てる気はあるのだろうかと疑わしく映ってしかたがないのだ。

子どもでも動物でも、命に対して責任を持てない親や飼い主のことは好ましく思えない。仕事柄、かわいそうなペットたちをたくさん見てきたし診てきたので、とくにそういう気持ちが強く、説教したくなってしまう。

「このたまごを産んだ人がいるのは間違いないんだし」

「いや、たまごは『キューピッドの木』の股から産まれてくるんだ」

ニナの説明を頭で想像し、瑞生はひたいに手をあてて「んー」とうめきながら項垂れた。

この数時間に起こった出来事は、自分がこれまで小中高大で学んできたことを、ことごとく覆すものばかりだ。

「……それ作り話だったらさすがにぼく、怒るよ」

「嘘じゃない……！　コウノトリさんが運んできてくれるまで、子どもができてたことは知らなかったし」

必死な顔つきのニナを見て、一方的に責める言い方をしてしまったなと反省した。

「ごめん。ニナが天使だって時点で普通の話じゃなかったのに、つい自分の常識だけ押しつけた。でも、もしぼくの助けが必要なら、答えをはぐらかさずに、ぼくが理解できるように説明してほしい」

瑞生が真剣に訴えると、ニナもまじめな顔つきでこくんとうなずく。

「愛しあった人との間に子どもを授かったら『キューピッドの木』にたまごができて、出てきたたまごをコウノトリさんが封筒に書かれた親のもとへ運んでくれる。たまごから生まれた赤ちゃん……つまりキューピッドは、いずれ大人に成長したら天使になるんだ。普通は天界で育てるから、地上に送られることはないんだけど……」

「つまり、このたまごの中に、キューピッドがいるってこと？」

「うん」

「でも親のもとに運ばれてくるのに、どうしてぼくの名前まで入って……えっ、もしかしてぼくとニナで、ここで、キューピッドを育ててほしいってことっ？」

驚きと困惑ばかりが膨らむからつい、たたみかける言い方になってしまう。ニナはしばし沈黙して、今度はちょっと控えめに「……うん」とうなずいた。

ニナが瑞生を指名したわけではないだろうし、獣医だからというだけで選ばれたのだろうか。どこのどなたが決めたのか知らないが、こちらの都合も確認しないでずいぶん勝手な話だ。

「そんなの困るよ～。なんでぼくなの。誰が決めたの？　ぼくがもののけ獣医だから？　さっきから訊いてるけど、このたまごのおかあさん、ようするにきみが交尾した相手はどこで何してんの？」

思わず交尾と言ってしまったが、ニナは困った顔をするばかりだ。

「……ごめん」

「ごめんって……そこは答えられないってこと？」

瑞生の問いに、ニナはもう一度「ごめん」と繰り返した。

不信感がいっきにピークに達する。肝心なことは答えられないけど一緒に育ててほしいという無茶ぶりに、もののけも診る獣医として広い心で応えなければならないのだろうか？

頭を抱えて「うーん……」と唸ったところで、ニナは縋るように見てくるし、「じゃあ他をあたります」とは言い出しそうにない。

「隠す意味がよく分かんないなぁ。いろいろ事情があるのは人間も同じだし、そこは理解できるけどさぁ……」

父親のニナのもとにたまごが運ばれたのは、母親がいないとか、何か抜き差しならない事情があるということだろう。

そこを考慮しても、数時間前に出会ったばかりの天使の子どもをここで一緒に育てるなんて、超展開すぎて頭も心もついていけない。

「そんな簡単に、いいよ、とは答えられない……っていう意味も分かってくれるよね？」

ニナは不安そうだ。ここで瑞生に「面倒見きれない」と言われたら、きっとひとりでこのたまごを抱え、育てなければならなくなる。

天界から下ろされたばかりの天使が、身寄りもない地上で赤ちゃんを育てることができるのだろうか？　苦労なんて言葉で片付けられないほど、困難なのではないだろうか。

勝手に想像して、胸がずきんと痛くなる。でも同情だけで子どもを育てられるほど、簡単な話ではないのだ。

そんなことをあれこれ考えあぐねている傍で、籐かごの中でたまごががたっと音を立て、瑞生とニナははっとそれに注目した。内側から、こつこつ、こつこつこつこつ、と叩く音がする。

「もしかして嘴打ち……みたいなことしてる？　もう生まれる？」

ヒナじゃないのだから、くちばしでつつく音ではないわけだが。

どこか信じられない心地でいる瑞生の横で、ニナがたまごの裏側を覗き込んで「ひびが」と指をさした。小さな穴がすでに三箇所開いていて、そこからいくつか亀裂が伸びている。

「わー！　もうかなりひび入ってる！」

瑞生は瞠目して、勢いよく立ち上がった。

さっきから聞こえていたのはたんなる呼応じゃなく、すでに孵化が始まっていたのだ。

「ニナ、知ってること全部教えて！　たまごから鳥っぽいのが出てくんの？　それとも人間の赤ちゃん的な？　キューピッドって赤ちゃんに羽が生えたようなもの、ってイメージで合ってる？」

「合ってる。羽が生えた赤ちゃんの姿で生まれる」

「産湯に入れなきゃ？　たらいとか必要？　タオル、タオル！」

びびっている暇はないし、誰が育てるとか今後どうするとか、今は揉めている場合じゃない。

どたばたと部屋を駆け回って、はっとした。

「診察室に下りよう！　そっちが清潔だし、必要なものは揃ってる。ニナはその籐かご持って！」

孵化なら自力で割って出てくるのをひたすら待つのみ。外から手助けすると、逆に腹壁などを傷つけたりして命に危険が及ぶからだ。

どうしようなんて迷う間もなく、臍の緒を切る要領は動物なら皆同じ、と覚悟を決めた。

「小動物の出産と鳥類の孵化しか経験ないんだけど」

ニワトリのたまごの場合は孵化が始まって十二時間から二十四時間かかるものだが、あの中身はヒヨコではないのだ。いつから嘴打ちしていたのか分からないし、鳥類の孵化よりスピードが速いかもしれない。

診療台にバスタオルを数枚重ねて広げ、たまごを置いて、ものの三十分もしないうちに殻がぱきっと大きく割れた。

「ぴっ……」

なんか鳴き声みたいなのが聞こえた、とニナと顔を見合わせ、ふたりで耳をすます。

次の瞬間、ぱきぱきぱきっと音を立てて殻が割れたと思ったら、そこからこぶしが突き出てきたから、瑞生はぎょっとして仰け反った。

邪魔な殻を脚で蹴飛ばして、完全に開いたところに手足をばたばたさせている赤ちゃんが。

「ふわぁ……ふぎゃあっ」

元気な産声で泣き出した。

ぷくぷくとして、肌が真っ白で、ニナと同じ色の髪が生えている。

「ゆっくり観察してる暇なんかないよ。この子の命、護んなきゃ。ニナ、手伝って！」

生まれた感動に浸る間もなく、とにかく臍の緒を処理してやり、身体を清めてやった。

ひととおりの処置が終わり、ふかふかに整えた籐かごに戻してやると、なんと赤ちゃんの目がぱっちり開いた。しかもしっかり視線が交わっている気がする。ニナの血を引いていると分かるシェリーカラーの眸。瑞生が顔を動かすと、赤ちゃんも顔を動かして目線で追いかけてくるのだ。

「え？　もうぼくのこと見えてる？」

つやつやのほっぺ、くるんと大きな目に睫毛が長くて、つんと小さなくちびるをむにゅむにゅとさせるのを見ると、つい頬がゆるんでしまう。

「うーわー……かわいい……」

きらきらの眸でじーっと瑞生を見つめてくる様子に、きゅんとしないではいられない。それまでずっと緊張の面持ちだったニナも「かわいい……」と出会ってはじめて笑顔をこぼした。

「瑞生……ありがとう」

奮闘した瑞生に礼を伝えてきたニナは、寸前までゆるんでいた表情を引き締めている。そんなニナに向かって、瑞生は笑顔で「うん」と応えた。どこか頼りない印象だったニナだけど、赤ちゃんの姿を目の当たりにして父性や責任感が芽生えたのか、今はなんだか凛々しい顔つきに見える。

籐かごの中でもぞもぞしているな、と見守っていると、赤ちゃんが自力で寝返りを打ったから、瑞生はまたしても驚いた。

あらわになった背中の小さなクリーム色の羽が、ぴくぴくとしている。

「ええっ？　もう寝返り打つの？」

瑞生がひっくり返しても、器用に手足を動かして自力でくるんと反転してしまう。

生後三十分ほどしか経っていないのだから、人間の赤ちゃんならあり得ない。

「人間だったら仰向けに戻してやるべきだろうけど、羽があるから俯せになりたいのかな？」

かつては羽を持っていたニナに訊ねる。

「キューピッドは俯せでもじょうずに眠るからだいじょうぶだって聞いた」

「横向きや俯せで眠る習性なら抱き枕的なものあげたほうがいいかも。あと、肌着がないからガーゼでくるんであげなきゃ。おむつはひとまず小動物用のでいいかな」

瑞生はあたふたと病院内を動き回った。

鳥でも人間でもない、天使の赤ちゃん。性別は男の子。体長は五十五センチ、体重は四・五キロ。新生児にしては大きい。たまごの中である程度成長してから生まれる半早成性なのかもしれない。

ガーゼを適当に裁断して医療用テープでつないで貼り付けただけの肌着を着せてやり、ハンドタオルをおしぼりのように丸めて胸元に置いてやると、キューピッドはそれを小さな両手でぎゅぎゅっとしている。

心音も呼吸も安定、顔色もよく、元気そうだし、施した処置は間違ってなかったようだ。

「るっ」

「る？　え？」

「るるっ、るるる」

キューピッドは単音を繰り返しているが、何か訴えているのだろうか。

「え、なんて言ってるの？　ニナ、分かる？」

「分からないけど……最初は単音だって。個体で違うって聞いた。この子は『る』みたい」

「天使の赤ちゃんって、生まれたてで目が見えてるし、寝返り打つし、単音で喋るんだ……」

瑞生はやっとひと息ついた心地になり、キューピッドの前に椅子を置いて座った。

キューピッドは「るる、るる」と繰り返して、自分自身の指をちゅうちゅうと吸うしぐさをしている。

「あ……ミルク？　ミルクかも。人間用？　ない！」

たいして落ち着くまもなく、瑞生は再び立ち上がった。ここから歩いて五、六分のところに深夜0時まで開いているスーパーがあるが、あと十五分ほどで閉まってしまう。

もたもたしている時間はない。財布と買い物用のエコバッグを引っ掴んだ。

「ついでにおむつとか、必要なもの買ってくる！　ニナはその子をかごごと持って上の部屋に移動してて。今にもひとりで動き出しそうだから、かごから落っこちないように見ててよ。ソファーとか高さのあるテーブルとかにはぜったい置いちゃだめ！」

何か困ったらスマホに、と携帯番号を書き殴った紙をニナに渡し、瑞生は外に飛び出した。

「あれっ、勢いで番号渡してきちゃったけど、ニナって電話のかけ方分かるのかな……。いやっ、とにかくミルクが先！」

何が正解かなんて、正直いって分からない。

獣医師としての経験と勘だけが頼り。小動物の赤ちゃんを育てる術なら知っているけれど、瑞生は人間の赤ちゃんを育てたことはないのだ。

「ぼく人間なのに、人間の赤ちゃんについては素人も同然だ……！」

その辺りについては母親に訊くしかない。キューピッドを育てる上で、どちらの知識もあったほうがいい気がする。

生まれたてのキューピッドの命をなんとか護ってあげたいと、新月の夜の歩道を瑞生は必死の思いで走ったのだった。

2. 天使とキューピッドと

キューピッドが生まれたのは、月齢0の新月で大潮の夜。

瑞生が買い物から帰宅したとき、赤ちゃんはニナに抱かれて「ふぎゃあっ、ふぎゃあっ」と泣いていた。それが瑞生の姿を見つけた途端、瑞生に向かって手を伸ばし、抱っこしてあげたら少し落ち着いたのだ。泣いている赤ちゃんを宥(なだ)めるのに必死だったであろうニナのほうも、まるで救世主でも現れたかのように、ほっとした顔を見せた。

それからすぐに粉ミルクを準備し、瑞生が抱っこして飲ませてあげた。粉ミルクの作り方や、飲ませるときの注意点をニナに教え、何をするにも前のめりで、気付けばお互い必死の形相だ。瑞生はそれに気付いて、ちょっと笑った。

「深呼吸しよっか。落ち着こう」

赤ちゃんにミルクを飲ませながら、ふたりで深呼吸を二回。それでニナもやっと肩の力が抜けたようで、椅子に腰掛け、おだやかに赤ちゃんを見つめている。

「瑞生をママだと思ってるかも」

ニナの言葉ではっとした。

たまごから孵ったとき、『刷り込み』の現象が起こったかもしれない。生まれてすぐに赤ちゃんの視界に入り、世話をし、はじめてのミルクを飲ませたのも瑞生だった。

図らずも、籐かごを送りつけてきた何者かの思惑どおりに着々と事が進んでいる気がする。

赤ちゃんのほうはミルクを飲んだあとは排泄、と瑞生の気持ちや事情などお構いなしだ。

「わわっ、次はおむつ交換！」

手足の力が強くてすでに首が据わっているし、寝返りも打つ。人間の新生児より少し大きめで生まれ、身体機能的には生後数カ月から半年程度育った状態で孵化したようだと推測する。

人や動物の育児情報は本やネットで集められるけれど、キューピッドについてはニナが天界で見聞きした程度の記憶に頼るのと、動物医学的な見解で判断するしかない。

籐かごと一緒に運ばれてきたA2サイズの箱に入っていたのは弓と矢で、箱に印字されている文字は『キューピッド入門セット』だとニナが教えてくれた。

ニナは例の封筒の中にあったカードに書かれた内容を翻訳し、読み上げてくれている。

「『キューピッドが恋の矢を射る練習をするためのキットです。恋のキューピッドとして活躍できるように、ふたりでがんばって育ててください』……って書いてある」

「だから誰だよそんな一方的なこと書いて寄越すのは～」

お尻拭きでキューピッドのおしりを拭いてあげながら険しい顔で問う瑞生に、ニナはまじめな口調で「それは神様が」と答えた。

「会えるものなら一度お会いしてみたいよ、まったく」

ニナにとって神様は上司という位置づけなのか、それとも絶対君主的存在なのかよく分からないが、どっちにしてもあまり悪口みたいなことは言われたくないだろうな——そんな気遣いを持ちつつも、つい、心の中で『神様ってあんがい横暴なんだな』と思っているのが言葉の端々に出てしまうのは許していただきたい。

スーパーで購入してきた紙おむつをつけてやると、キューピッドはくるんと寝返りを打って、「るる〜、るる〜」とまた指しゃぶりをし、ミルクちょうだいのアピールをしてくる。そしていくらもしないうちに今度はくちびるをむにゅむにゅと歪(ゆが)ませて「ふえっ、ふえええん」と泣き出した。

「さっきミルク飲んだのに？　あ〜はいはい、出したらまたおなかすいたかなぁ〜？　次はミルクだ。ニナ、ミルクの準備してくれる？　哺乳瓶(ほにゅうびん)の消毒が終わったやつね」

泣き出した赤ちゃんを抱っこしてよしよしとあやすと「ふえぇ、ふえぇ」と泣きながら瑞生の首元に小さな手でしがみついてくる。つぎはぎガーゼの肌着の下で、小さな羽がぱたぱたしているのが見えるのも、きゅんポイントだ。

赤ちゃんのどこもかしこも、ぷくぷくぷにぷにとして柔らかい。しぐさが、見上げてくる潤んだ眸が、存在そのものがいたいけで、瑞生はたまらずに身悶(みもだ)えた。

「はぁ～、かあ～っ、かわいい、何これもう～」

　ないはずの母性が芽生えた心地になり、やさしくふんわり抱きしめる。

　――神様は横暴だけど、赤ちゃんに罪はないもんなぁ。

　生まれてからまだ三時間ほど。時間はすでに深夜二時だ。

　ニナは哺乳瓶に入ったミルクを適温に冷やすのに懸命。瑞生は「もうちょっと待っててね～」と赤ちゃんを宥めながら新米パパのニナを見守る。

　深夜のスーパーでとりあえず必要なものを揃えたけれど、赤ちゃんが快適に過ごせる環境とはまだ言えない。

「あしたはちゃんとした服を買ってあげなきゃ。昼休みか診療後かに、足りないものを買いに行くとして……ていうか、なんでいつの間にかここで育てる流れになってんのっ？」

　振り返ったタイミングで、必死の形相のニナから「はい！」と哺乳瓶を手渡され、瑞生は「お待たせ～ミルクですよ～」と赤ちゃんにナチュラルな笑顔を向けた。ニナとの完璧な連携プレイと、赤ちゃんへの授乳で、寸前の疑問がどこかへ吹っ飛んでしまう。

「瑞生、赤ちゃんに名前が必要なんだけど」

「名前？」

　ニナの話では、生まれたばかりのキューピッドには親が『ミミ』や『モモ』など、同音を重ねた愛称をつけ、天使になるときに神様から正式な名前を授かるらしい。『ニナ』がその正式な名前にあたる。

——あぁ、なるほど。もともと名前しか持ってないから、ぼくのこともいきなり名前呼びだったのか。

ちなみにニナの名字になっている『宮本』は、天界から下りた際に、戸籍取得とあわせてブローカーから振り当てられたもの、とのことだ。

「え、じゃあ……『ルル』は？　さっきから『るる、るる』っておしゃべりしてるし。月齢0の新月に生まれてきたから、ルナのルを取って～とかはさすがに後付けだけど……」

「かわいいと思う。『ルル』がいい」

「え？　いや、そんなあっさり……」

「だって俺も『ルル』しかないと思う」

思わず勢いで名付けてしまったが、ニナはとても気に入った様子で、さっそく「ルル、ミルクおいしい？」と話しかけている。

ルルはミルクを飲み終わって「けふっ」とげっぷをすると、おなかいっぱいになって満足したらしく、瑞生に縦抱きされたままこてんと眠ってしまった。

「ルル、瑞生の肩で寝ちゃった……かわいい」

ニナは目尻を下げ、ルルの桃色のほっぺをつんつんとしている。

「ぼくたちももう寝よう。ほんとにやばい。あしたも平日なんだよ。週が始まったばっかりの火曜日なんだよ」

あしたというか、すでに今日。

『はまな動物病院』の診療時間は午前中が九時から十二時まで、午後は十四時から十八時半まで（水曜日は午後休診、土曜日は十七時まで）となっている。おまけに予防接種が日に日に増える時季。その関係でまめに役所へ出向かなければならず、昼休憩もままならないのだ。

ルルはひとまず籐かごに寝かせ、ニナのふとんと瑞生のベッドの間に置いた。

「たぶん考えなきゃいけないことといっぱいあるけど、もうぜんぶあした考えよう」

瑞生は「おやすみ」とニナに声をかけ、ベッドに入った。

「瑞生、ありがとう」

「うん、分かってるから。ニナもちゃんと寝て。あしたも忙しいよ」

とにかく疲れた。とにかく眠い。

ニナがやっと横になるのを耳で聞きながら、瑞生はほっとした心地で眠りについた。


朝が来るより早く、ルルの泣き声にふたりはたたき起こされた。

「ニナ、どっちゃる？　おむつ？　ミルク？」

「じゃあ、おむつ交換する」

寝ぼけ眼（まなこ）をこすりながら、電気ケトルで湯を沸かす。

寝室のほうから赤ちゃんの泣き声が響いていて、瑞生は思わず微笑（ほほえ）んだ。

――ほんとに、親になったような気分。

小動物の出産に立ち会ったときとは違う不思議な感覚がある。

あまくて、柔らかで、ふんわりとしたものが胸に広がっているような。すごく眠いし、身体は疲れているのに、これまでに覚えたことがないほど、おだやかな気持ちなのだ。

この瞬間は獣医の仕事として接していないからかもしれないし、親宛に届けられるというコウノトリの籐かごを受け取ったから、かもしれない。

消毒液に浸していた哺乳瓶に粉ミルクを溶かし、適温に冷めるのを待って、瑞生は寝室に戻った。

ルルはニナに抱っこされて「ふぎゃあ、ふぎゃあ」と泣いている。

「ルル、おいで～」

大泣きしている赤ちゃんを抱いてうろうろしていたニナのほうが疲れただろうから、抱っこを交替し、そのまま瑞生がベッドに腰掛けてミルクを与えた。

ルルは瑞生が支えてやっている哺乳瓶を両手で掴んで、んくんく、と懸命に飲んでいる。

ニナは瑞生と並んで授乳の様子を覗き込んだ。

ふたりとも目が半分くらいしか開いていない。だって二時間半ほどしか寝ていないのだ。

「眠いね」

「……うん……」

床に敷いたふとんで寝ていたニナに問いかけると、ニナは「うん」と答えたけれど、きっとあんまり寝ていない。目を見たら分かる。

「そこで、眠れた？」

「ルルがミルク飲み終わったら、もう一回ぎりぎりまで寝よう」

これからどうする、というといちばん大きな問題は、きっとまた夜まで持ち越しだ。

——夜の動物病院にもののけさんが来なかったら、もう少し時間が取れるけど……。普通の小動物と一緒でいつ来るか分かんないしな……。

他に頼れる人間がいないニナが、瑞生と一緒にルルを育てたいと思っているのは、昨晩の話からもなんとなく分かっている。

——ニナはあれから強く主張しないけど、ただ言えないだけだろうな。

だからといって、「じゃあぼくが面倒見てあげるからいいよ」と安易に引き受けられるようなものじゃない。

天使とキューピッドをこのまま住まわせるというのがどういうことなのか。何か問題があるのか、ないのか。頭で想像できることに限界を感じる。

――なるようにしかならない、でいいのかな。じいちゃんなら、どうする？

もののけの姿は見えるけれど、亡くなった祖父は一度も瑞生の前には現れたことがない。それはちゃんと祖父が成仏している証拠でうれしいけれど、こんなときは出てきて助けてくれたらいいのになと、思ったりもする。

「瑞生、俺が哺乳瓶を洗って消毒液に浸けてくるよ。寝てて」

ニナに「んじゃあ、お願い」とカラになった哺乳瓶を手渡し、再び眠ったルルを籐かごの中に寝かせた。

――ニナが戻るまで……。

ニナのふとんに横になり、ルルの手を握ってその寝顔を見ているうちに、瑞生もいつの間にかまぶたを閉じていた。


赤ちゃんに「静かにしてね」は通用しない。

昼夜問わず泣く。下は病院だし、ふたりの存在を周囲に隠してはおけないのだ。

「とりあえず、ニナはぼくの友だちってことにして、ルルはニナの子どもで、しばらくうちに泊まってる……っていう設定でいく」

「うん」

「祖父の代からもののけ動物病院をやってたから、ぼくの母はもののけの姿は見えないけど、彼らが病院に出入りしてるのを知ってる。ニナとルルは天使とキューピッドだって、理解してくれてる人が他にもいてくれたほうが心強いし、母にだけは事実を話そうと思う。ＯＫ？」

「うん、分かった」

「もののけ動物病院をやってるって他言したことないし、病院の院長かつ経営者として普段から個人情報の守秘義務は遵守してる。その辺は信用してくれていいよ」

朝食を食べる間や、身支度を整えながら、互いに大事なポイントだけ確認しあった。

最後にユニフォームのスクラブを着てふと振り返ると、ニナに見つめられていた。「何？」と問いかけると、ニナははっとしたように目を伏せる。

「瑞生……いろいろありがとう」

「え、あ、うん」

ふたりの間に一瞬、なんともいえない空気が満ちる。

――朝からちょっと気まずかったからかな。

午前五時少し前の授乳のあと、ルルを寝かせているうちに瑞生はニナのふとんのほうで眠ってしまい、スマホのアラーム音で目が覚めたとき、瑞生と向かい合うかたちで驚くほど近くにニナがいたのだ。

ふたり同時に目覚めた瞬間。今思い出しても胸がかっとなる。

これまでの人生で経験したことないくらいの、異様なてれくささだった。

――なんだったんだ、今朝のぼくのあれは。

突然形成された疑似家族みたいな関係を、川の字で迎えた朝に意識してしまったのだろう。

「昼食はここに戻ってくるから。それに、ぼくだけじゃなくて、院長もいろいろ助けてくれると思う」

八時半頃になると、『はまな動物病院』のメンバーがぞくぞくやってくる。

院長である母の濱名ゆり、そして動物看護師の畑野(はたの)さん、水本(みずもと)さん、受付の三浦(みうら)さんが、フルタイムで勤務。火曜から土曜の週五日、十一時から十七時まではトリマーのすみれさんが二階のトリマー室にやってくる。

母親に電話で、身長六、七十センチくらいの赤ちゃんが着られる服がないか訊ねたところ、「そっちに行く前に近所をあたってみる」とのことだった。

今着せているつぎはぎガーゼの肌着のままじゃかわいそうだし、汚したり濡(ぬ)らしたりしたら替えがない。昼休みや診療後に肌着やベビー服を買いに行けるという保証はなく、ひとまずお下がりでいいので何かしらあったほうがいいと考えたのだ。

ばたばたと朝食をすませた頃に、母親が現れた。

祖父同様に、瑞生も子どもの頃からもののけの姿が見えたが、祖父の娘で瑞生の母親であるゆりは霊感のない人で、そういうものはまったく見えないし、けはいも感じないらしい。でもものの けという存在については、祖父からいろいろ聞かされて育ったので理解している。

　母とふたりを引き合わせてから「じつは天使とキューピッドの親子なんだ」と暴露すると、最初はひどく驚いて、「もののけさんとは違うの？」と瑞生と同様に困惑していたが、さすが祖父の娘。瑞生の説明をわりとあっさり受け入れた。

「背中に羽があるの〜。ぱたぱたするの〜。なぁんてかわいいのっ」

　持参したお下がりの肌着を着せてやりながら、ゆりはすでにめろめろになっている。

「三軒となりのお宅に去年赤ちゃんが生まれたから、譲っていただけるかも、って思ってお伺いしてみたのよ。女の子のお下がりだけど、ルルちゃんはかわいいから、いいわよね〜」

　身に覚えがないのに、初孫をお世話する母親（五十三歳）の姿を見せられているような、複雑な心境だ。

「イケメンのおとうさんですね〜。ルルちゃん、ほら、ルルちゃんのパパですよー」

　こっちが恥ずかしくなるほどでれでれだ。その様子にニナも若干戸惑いつつ、「ベビー服、ありがとうございます」と会釈している。

　ニナは口数が多くないけれど、感謝の思いをすぐに言葉にする。根が素直なのだろうが、そこがいいなと、あらためて思った。

「あのね、でれてる場合じゃないから。もうすぐ診療時間だし。ニナ、頼んだよ。お昼休憩まではひとりだけど、がんばって！　困ったことがあったら、内線の1番かぼくのスマホに」

「うん」

ニナはルルを抱っこして、「いってらっしゃい」とおだやかに見送ってくれた。

おむつの交換とミルクと、あとはひたすらあやす、のローテーションとはいえ、新米パパにとってひとりきりの三時間はなかなか長く感じるものかもしれない。

でも同じビルの中だし、子育て経験のある母親もいる。困ったらみんなで助け合えばいいのだ。

ビルの外に『はまな動物病院』のスタンド看板を出して、明るい朝の太陽光を浴びる。

――なんか景色が違って見える……のは寝不足だからかな。

陽の光がきらきらと眩しく感じ、辺りの景色も、正面の根津神社の木々の緑も、明度や彩度が上がったように映った。

大きく深呼吸すると、空気が爽やかに青く澄んでいる気がする。

――よし、今日もがんがん働かなきゃ！

いつも以上に気合いが入るのは、同じ屋根の下に生まれたての赤ちゃんがいて、大人の自分たちが護ってあげなきゃならないという確かな気概が胸にあるからかもしれない、と瑞生は感じていた。

昼休憩はおにぎりを放り込む、ぐらいしかできないほどの忙しい一日が終わり、十九時に病院の施錠をすべて終わらせて、瑞生は三階の自宅へ上がった。

あきらかにほっとした顔でニナが「おかえり」と迎えてくれて、瑞生は「ただいま」と返しつつリビングを覗いた。ルルは両手両脚をぱたぱたさせながら、ペット用品メーカーからいただいた試供品のおもちゃを握ってぶんぶん振りたくり、「るるっ、るるっ」と遊んでいる。

「ニナ、一日おつかれさま。ルルはご機嫌だね」

「元気で目が離せない。腹ばいで、ずりずり進むし。午前中はミルクを二、三時間おきに飲んでたけど、午後はちょっと飲む量が増えて、間隔があいてる気がする」

「近いうちに夜泣きしなくなるかもね。あ、院長の知り合いで、お下がりでいただける服がけっこうあるんだって。肌着はぜんぜん足りないから、買ってあした持ってきてくれる。院長は夜になるとここに来たがらないんだ。もののけさんたちのことは見えないけど、偏頭痛になったり、体調が悪くなったりするらしくて」

ふたりで今日一日の出来事を話しながら、ニナはルルのお世話を、瑞生はあり合わせで豚挽(ぶたひ)き肉のどんぶりごはんを作った。

慌(あわ)ただしく食事をすませ、瑞生が後片付けをする間に、ニナがルルを風呂に入れる。今日の昼休憩のとき、ゆりが沐浴の手順をニナに教えたらしい。

瑞生はルルに飲ませるミルクをつくる。入浴は汗をかいて体力を消耗するから、水分の補給の意味でも飲ませないといけない。

人心地つく間もなく「びゃぁーおん」と特徴的な猫の鳴き声が響いて、瑞生はいつものように「どうぞ～」と返事をした。

「ニナー、テーブルにミルク置いとくね。治療が必要なもののけさんだったら一階に下りるけど、なんかあったら呼んで」

浴室のほうから「分かったー」と返ってくる。

振り向くと、瑞生の足もとにもののけのボス猫カブが座っていた。

「カブさん、こんばんは。今日はどこかケガしてるもののけさん?」

治療が必要なケガや病気のもののけはもちろん、ただ癒やしを求めて身体を休ませたいとか、瑞生のマッサージを受けたくてここへ来る者もいる。ペットマッサージがもののけの間で噂になっているのか、最近やたら多い。

瑞生は手書きで作ったご用伺いのカード、「1」「2」「3」をカブの前に並べて置いた。

瑞生は猫語が分からないものの、カブは瑞生の言葉をかなり理解しているし、簡単な記号なら覚えている。

例えば治療が必要なら一階の「1」、休憩希望なら入院施設となっている二階を示す「2」、マッサージ施行ならこの部屋で三階の「3」というのが、ふたりに通じる符牒だ。

カブは右の前足で、たしっ、と「1」を示した。瑞生の顔にわずかな緊張が走る。

ただ休憩したい場合やマッサージ希望の場合と、もののけに対する治癒では心構えが違う。

「おっけ。スクラブに着替えてすぐ下りる」

一階の診察室に入ると、一匹のシベリアン・ハスキーがしゅんとした様子で座っていた。

体高六十センチほどのオスだ。顔はいかついオオカミみたいだけど、心やさしい大型犬で知られている。

「こんばんは。はじめて会うね。ざっと見たところケガはないけど、どこか痛い？」

さわらせてね、とやさしく声をかけ、そっと前足にふれる。

何か病気で亡くなった子がちゃんと成仏できなかった場合は、痛みを抱えたままもののけとしてこの世にとどまってしまう。交通事故の場合の多くもそうだ。

祖父が言っていた。その痛みを取り除き癒やしてあげると、生まれ変わりたいとか、成仏したいと、前向きに未来を願うようになるのだと。

もののけとしてこの世をさまようのではなく、できれば安らかに眠らせてあげたい。

「痛いところがあったら、鳴くんだよ」

もののけの言葉が理解できたらいいけれど、目視で顕著な所見がなければ、ひたすら触診で探るとか、レントゲンやCTを撮ってみるとかで判断することになる。

「歯茎が白いかな。んー、ちょっと立てる？」

しかし、なんだか立つのもつらそうだ。

「外傷がないからもののけになったときの原因は内臓疾患、がん……の可能性。とりあえず血液検査と尿検査やってみるかな」

ハスキー犬は首を下げて、「くうん、くうん」と悲しげに鳴いた。

人間だっていやがる採血を、犬がよろこぶわけもない。もののけだって痛いし、怖いのだ。もののけになってまで採血で怖い思いをさせるのはかわいそうだけど、原因が分からないと痛みを取り除けないからしかたない。

「瑞生、その子は肝臓の病気だって言ってる」

「え？」

振り向いたら、診察室の入り口に立っていたのは、ルルを抱っこしたニナだった。

「注射や採血は、もうたくさんされたからいやだって」

「ニナ、もののけさんの言葉が分かるのっ？」

「人間がいくつも言語を持つように、動物の世界にもそれぞれに言語があって。言葉だけじゃなくて、感情を眸や表情や声色や息遣いやボディランゲージで伝えてくることもある」

瑞生がもののけ獣医になって今までいちばん苦労したのは、不調の場所やそれまでにあった症状を伝えてくれる飼い主がいないことだ。だから自分の勘と経験だけが判断のもとになる。

いくら子どもの頃から祖父の傍で見てきたといっても、瑞生は獣医になって三年の新米。言葉が分かれば、もっと早く、もっと正確に治療することができるのに、と思っていた。

そんな瑞生にとって、ニナが持つ能力はまさに神業。薄暗い中に光明がさした心地だ。

「ニナ、お願い！　ぼくの言葉をもののけさんに伝えて、彼の言葉をぼくにおしえてくれる？」

ニナは少し緊張した面持ちで、「分かった」とうなずく。

「じゃあ、今はどんなところが苦しいのか、痛いのか……ニナに伝えてくれる？」

ハスキー犬にそう問いかけると、彼はニナに何かを訴え始めた。

ニナたちの会話が終わるのを、どきどきしながら待つ。

やがてニナが瑞生のほうを向いたので、瑞生はうなずいて促した。

「すごく身体がきつい。喉が渇いて苦しい。口の内側が痛いから水が飲めないって」

「口の内側？」

さっきは歯茎と上顎（うわあご）しか見ていなかった。

「おっけ、分かった。痛くしないから、口の中を見せてね」

ニナが正確に伝えてくれたおかげで、口内の見えにくいところにたくさんできていた潰瘍（かいよう）を発見し治療できた。肝臓の病気が原因なので、点滴とハーブの薬剤を処方する。

もののけへの処方は痛みの元を取ってやるのが主で、病を完治することではない。その一回の処置で、もののけの多くは「取れない痛みに対する苦しみを理解してもらった。取り去って、救ってもらった」と安心し、やすらかな気持ちで天国へ旅立てるのだ。

もののけは、自分の苦しみや痛み、分かってもらえない寂しさを抱えてさまよっている。そんな彼らの肉体を復活させることはできないけれど、心なら救える。

動物だってもののけだって、誰かに理解されたいし、知ってほしいのだ。

「じゃあ、カブさん、お見送りよろしく」

治療が終わったハスキー犬を本来行くべきところの入り口まで案内し、見送るのは、もののけのボス猫・カブの役目だ。

ハスキー犬はカブに連れられて、『はまなもののけ動物病院』を出て行った。

しん、と静かになった診察室で、瑞生はひとりほっと息をつく。

ニナはルルにミルクをあげるために、今は三階にいるはずだ。

あのハスキー犬が「いやだ」としょんぼりしていた点滴を一本だけ滴下したが、「これですっごく元気になるから」とニナに通訳して伝えてもらい、ちゃんとおとなしくしてくれたから手間取ることがなかった。処置の最中にもののけが暴れると、よけいなケガをさせてしまうかもしれないし、逆に瑞生がケガを負う場合もあるのだ。

——痛いのとか怖い思いは、できる限り少なくしてあげたいもんね。

その命を救うためとはいえ、彼らがこの世に生きていたとき、きっとたくさん痛い思いをしたはずだから。

ニナがもののけたちの言葉を瑞生に伝えてくれたので、最良の方法で処置できた。ハスキー犬を診る間、瑞生にとってニナはとても心強い存在だった。

ニナがいつもそうしているように、「ありがとう」と今すぐに伝えたくなり、瑞生は診察室をあとにした。

ルルが眠ったあと、ニナの背中の傷に外用薬を塗布してやった。出血も化膿もなく、これならだいじょうぶそうだ。

「でも、傷痕はずっと残っちゃうんだろうな……」

ケロイドではないけれど、白い肌に残った瘢痕はどうしても目立つ。目立たないように治療する方法はあるが、完全に痕を消し、まったくのもとの状態に戻すのは難しいのだ。

「せっかくすごく綺麗な肌なのに」

うっかり正直な感想をつぶやいてしまい、男性に対して「すごく綺麗な肌」ってどうなんだ、とひとりで赤面してしまった。

「……俺も瑞生のために何かしたい」

「え？」

ニナはシャツを羽織ると、振り返って瑞生と向き合った。

「瑞生は、ルルと俺を助けてくれてる」

「でもそれは、獣医として当然のことだよ。ニナの背中の傷はだいぶ良くなったけど、ルルは生まれたばっかりだし……」

ニナの登場に続きルルが生まれた慌ただしさでなんとなくうやむやになっていたが、だいぶ無責任発言な印象しかない神様からの『恋のキューピッドとして活躍できるように、ふたりでがんばって育ててください』を、棚上げしたままなのだ。

ルルはとてもかわいいし、ニナは人見知りするタイプだけど根は素直な優男だというのは短い時間にも伝わった。それに正直な気持ちを吐露するなら、もののけと話せるニナが傍にいてくれたら、どんなにいいだろう、と思う。

瑞生は「んー」と腕を組んで唸った。

ふたりと出会った日、すぐに「ここで暮らしていいよ」と言えなかった。

ニナは天界から下りてきたばかりの天使、ルルは生まれて間もないキューピッド。瑞生自身も人間の子どもでさえ育てた経験がなく、ふたりを護っていく自信がなかったし、命を預かる責任を負い、まっとうする覚悟ができなかったからだ。

だから今になって「しばらくいていいよ」というのは、ここにふたりを受け入れる代わりにニナの能力をあてにしているみたいで、すごく勝手な気がしてしかたない。

「俺はもののけの言葉を瑞生に伝えることならできる」

「わ、分かってる」

「ルルをちゃんと育てたい。情けないけど、ルルを育てるには、ひとりじゃ不安なんだ。地上での生活については知らないことだらけで」

ニナはひとりでコンビニに行ったことがないし、銀行でのお金の下ろし方も、電車の乗り方も知らない。今は子どもが読むような児童書から、日常生活や常識を学んでいる状態だ。

「うん……分かるよ」

「ここにいられる理由を、俺にちょうだい。俺ができることで瑞生が助かるなら、思いきり俺をあてにしてほしい」

正直で、純粋で、真摯(しんし)な目をした天使のニナの前で、自分は心が汚れている気がして、瑞生はぎゅっと両手を合わせた。

「あーっ、もう、ごめんっ！　ごめんっていうのは、断るってことじゃなくて、ニナに、そんなふうに言わせてしまってること」

ほんとうはお願いしなきゃいけないのは自分のほうなのに、という気持ちもあるし、それを交換条件のようにしたくないという思いもある。

「瑞生が謝ることじゃないよ」

「いや、なんか……ニナがいてくれたらいいなぁって……ずるいかんじになってしまって。ルルをかわいいって思ってるのも本心だし、ニナのことも……いいなって思ってる……ってなんかぼくの言ってること変じゃないっ？　いいな、ってなんだよもう……語彙力ぅ……」

ぐったり項垂れた瑞生を、ニナが首を傾げてそっと覗き込んでくる。

「それって、ルルも俺も、ここにいてもいいよ、ってこと？」

少し不安そうで、でも期待も滲ませたニナのシェリーカラーの眸にきゅんとくる。

――イケメン天使にこんなふうに一途にお願いされたら、最後の最後は勢いで腹を括っちゃうってもんだよ……。

すっかりやられた気分で、瑞生も笑みを浮かべてうなずいた。

「……うん。いいよ。いてください。ぼくにできることなら、ふたりの助けになりたい。ニナをあしたも、頼っていいかな」

瑞生が問うと、ニナは歓びを滲ませながら、とても控えめにはにかんだ。そのてれくさそうな微笑みに、また胸が甘く絞られる心地がする。

「もちろん。あしたも、あさっても。いつでも」

ニナの言葉に、瑞生は「じゃあ、よろしくお願いします」と返し、互いにかたく握手をした。

3. スイートホーム

もののけは人間の生気を吸うから、長く一緒にいてはならないよ——と祖父に言われていた。

もののけの痛みをやわらげて癒やすことはできても、共存はできないのだと。

瑞生は幼い頃から祖父の傍にいて、もののけの姿を見ながら成長したので、彼らに対する耐性、免疫力がある。それでも、もののけたちが去ったあとは疲れて眠くなるとか、どことなく起き抜けに鏡に映った肌色がくすんで見えたりしていたのだ。

でもニナとルルと三人で生活するようになって、なんだか疲れにくくなった。というか、どんなに忙しくても翌朝すっきり目覚められる。

「瑞生先生、ちょっと前から新しいスキンケア始めました？　それか、コラーゲンとかプラセンタ入りの美容ドリンクを飲んでるとか」

「え？」

「最近先生のお肌がぴかぴかでつやつやだよねって。あと、わたしたちが知らない、いいシャンプーを使ってるに違いないって。どこの使ってるんですか？」

診察室でパソコンに向かっている瑞生に、動物看護師の畑野と水本がガーゼや脱脂綿などの備品を補充しながら訊いてきた。

「誰が言うの～、そんなこと。なんかよっぽどぼくがぼろぼろだったみたい――って……まぁ、ぼろぼろの自覚あったけどね」

女子のみなさんは細かいところに目が行くので、不快感を与えないよう身嗜みは心がけていたけれど、本人すら気付かないミクロン単位の変化が何かあるのだろうか。

「主にわたしたちと、受付の三浦ちゃんと、トリマーのすみれさんの間で噂になってます」

畑野の話に瑞生はぷぷっと笑った。しかしご指摘のドリンク類は飲んだことはないし、シャンプーはいつも通販でまとめ買いしているやつで、スキンケアは母親からおすすめされるままに買ったオールインワン的なものを風呂上がりにつける程度だ。

――もののけさんとの関わりでちょいちょい生気吸われてるせいか、肌が乾燥しがちだったりしたんだけど、たしかに潤っているような気はする……。

早いもので、ニナが天界からやってきて、ルルが生まれてひと月だ。

このひと月、ニナは日中にルルのお世話をしながら育児書などを読みあさり、夜はもののけ動物病院で瑞生の仕事を手伝ってくれていた。勤勉で働き者だ。

とくに、シェパードやグレートピレニーズ、ドーベルマンといった大型犬のもののけが連続してやってきたとき、瑞生は主に体力的な面でニナにずいぶん助けてもらった。

人というだけで怯え、そのせいで暴れる子、警戒心をなかなかといてくれないもののけだっている。そんなもののけを診るとき、これまでずっと瑞生はひとりだった。ひっかかれそうになったり、噛まれたりは珍しくない。

そんな場合はおとなしくさせるのに手こずり、診るのに時間がかかっていたが、ニナが手伝ってくれるようになって苦労を感じなくなったのだ。

——ニナがおとなしくさせてくれるんだよな。飛びかかられそうになったら、間に入って護ってくれるし。

瑞生がよろけている間に、暴れるもののけを鮮やかな手際で捕らえ、手荒に押さえつけたりすることなく彼らを服従させる。低い唸り声を上げて毛を逆立てていたもののけたちは、ニナになでられるとまるでマタタビを与えられた猫みたいに、おとなしくなってしまう。

——天使の力？　いわゆるゴッドハンドなのかな。ニナは「そんな力なんて持ってない」って言ってたし、ツボを押すのがうまいってことかなって思ってたけど。本人が意識してなくても、天使のニナの手には癒やしの効果があるのかも。

つまりニナがいてくれるおかげで、瑞生は疲れる要素が格段に減った。

それに、ニナとルルとの日常生活でいつも生命力に溢(あふ)れるハッピーオーラを浴び、部屋中が幸福感に満たされているからか、瑞生は自分の中にパワーが漲(みなぎ)る心地さえする。そこに確証はないものの、しあわせを運ぶ天使とキューピッドが傍にいるからかもしれない、と瑞生は勝手に解釈していた。

ルルは身長七十センチ、体重は八キロを超えた。生まれたときはとても柔らかだった背中の羽もずいぶんしっかりとして、元気にパタパタさせるようになったので、今着せている服は少し大きめの九十センチサイズだ。

——そろそろ離乳食と歯磨きの練習を始めないといけないかな。

ルルの前歯がうっすら生え始めている、と昨晩気付いた。人の成長とはだいぶ速度が違うので、見た目や行動の様子で『人間でいうとどの辺りまで成長しているか』を判断するしかない。

「そういえば、最近あんまり赤ちゃんの泣き声がこっちまで聞こえてこないですね」

もうひとりの動物看護師の水本が器具を消毒しながら問いかけてくる。

「あー、無駄に泣かなくなったな。いくつか言葉を話すよ。ぼくのことは『みー』で、ニナのことは『ニー』っていう」

男友だちとその赤ちゃんが三階の自宅にしばらくいる、と簡単に説明しているので、生後一カ月なのに言葉を話し始めた、という奇妙な現象には気付かないのだ。

ずっと誰かのお下がりばかり着せていたけれど、先日ついに、かわいいベビー服を通販した。

ルルのために自分が買ったものを着せたときの歓びとうれしさを瑞生は身をもって知り、世のパパとママがベビー服をついつい買っちゃう気持ちがちょっと分かるなぁ……なんて思ってしまった。

自分がルルに夢中なのは自覚している。スマホの中はルルの写真でいっぱいになり、ストレージを追加したほどだ。

「瑞生先生、顔が溶けてます」

ふたりにくすくす笑われて、瑞生は自分の頰をおさえた。

「だって『かわいい』のかたまりなんだってば。おもちゃをかじったり、すごい勢いでぶんぶん振ったり、ひとりでころんころん転がってたりさぁ……ほんと見飽きないんだよねぇ」

ルルは最初「るるっ」としか話せなかったが、すぐに瑞生とニナの名前を覚えた。生まれて一週間ほど経つ頃には、あやせばごきげんな調子で「きゃっきゃっ」と笑うようになり、このごろは否定を意味する「やっ」や、おねだりの「もっ」など意思表示も活発だ。

ハイハイや、お座りもする。でも、まだ抱っこをせがんでくるし、抱きかかえてあげるとうれしそうに頰に「ちゅっ」とキスしてくれたりして。ニナとルルのそんな姿をはたから見ているのも好きで、ふたりと一緒にいることで、幸福感を分けてもらってるなと感じる。

でもニナがぽつりと漏らした言葉を思い出すと、瑞生は泣きたい気分になってしまう。

背中の羽がもっとしっかりしてきたら、空を翔ぶ練習と矢を射る練習をし、生後一年くらいで独り立ちする。天界へ戻って、人の恋を成就させるキューピッドとしてたくさんの経験を積んだのちに天使になるそうだ。

天界へ帰ってしまったら、ルルに会えなくなる——そう遠くない未来を想像し、瑞生は今から目に涙を浮かべてしまう始末だった。

もうしばらくしたら入梅となる五月下旬。

休日の天気のいい日は、ベビーカーにルルをのせて、ニナと三人で谷根千界隈を散歩する。ニナが谷中の商店街を歩けば、チラ見され、勝手にスマホで撮られてしまうこともある。いるだけで目立ちそうなのはなんとなく予想できたが、通りすがりの人が「なんかの撮影？」と辺りにカメラクルーを探してしまう、という現象も起きた。

悪目立ちするのをニナがあまり気にしてなかったので、開き直って何度かうろうろするうちに商店街の人たちも慣れ、ベビーカーの中を覗いて、ニナに気安く声をかけてくれるようになった。

ルルはベビーカーの中で、ビスケットやキャンディーのかたちをした歯固め用のおもちゃをかみかみして、ニナと瑞生は谷中商店街でコロッケやドーナツを食べ歩きしたり、道ばたでのんびりしている野良猫と遊んだり。

この辺りは野良猫が多いことで知られている。

瑞生は足もとに寄ってきた一匹のサバトラに、「元気そうだな」と声をかけて抱きあげた。

「この子、うちでお世話したさくら猫。耳の上のところが少しV字にカットされてるだろ。さくらの花びらみたいだから『さくら猫』。不妊・去勢手術した証になる。左耳に入ってたらメス」

ニナに説明しているつもりだったが、たまたま近くにいた小学生の男の子が「えっ、これ痛くないのっ？」と瑞生に訊いてきた。

「痛くないように、手術の麻酔中にカットするんだ。このしるしがないと、またどこか他所の先生がこの猫を捕まえて手術しちゃうかもしれない。手術は痛いし、この子がもっとかわいそうだろ？　麻酔も手術も、猫にとっては相当に命の危険があるからね」

「あ、そっかぁ……」

瑞生は『野良猫を捕獲し、不妊・去勢手術してもとの場所に戻す――ＴＮＲ活動』に、獣医師として参加している。殺処分される不幸な野良猫を減らし、その地域に住む人たちと共存していくことを願っての地道な活動だ。

「ワクチンも打ってるし、病気がないか検査もしてる。元気な猫だよ。仲良くしてあげてね」

エイズや白血病の検査、検便なども行っていることまでは、あまり知られていない。

野良猫はさわっちゃだめ、と子どもに注意している保護者をよく見かけるから、瑞生はこうして地道に「だいじょうぶだよ」と説明してあげるのだ。

「猫がしあわせに暮らせる町は平和なんだって、世界中を旅してる写真家の人が言ってた。ぼくも、あながち間違ってないんじゃないかなって思うよ」

　さくら猫と遊んでいる男の子を眺めながらこぼした瑞生の言葉に、ニナがおだやかな声で「そうだね」とうなずいた。

　今日はニナとルルと三人でゆっくり過ごす時間が欲しかったから完全に休みだが、午後休診のときや、時間があるときには、そのTNR活動の時間に充てることも多い。

「あと、そこの猫カフェは、うちがまとめて定期的に健康診断と予防接種してる」

「そんなにいろいろやってて忙しいと、瑞生のほうが倒れないかな」

　くわえて、夜はもののけ動物病院もあるのだ。ニナが本気で憂う表情で訊いてきたから、瑞生は「できる範囲で、だよ」と答えた。

「ほんとに……？　負担を増やしてる俺が言うのは変だけど……」

「ニナが家でいろいろやってくれてる。ふたりがいるからってぼくの負担が増えてもいない。それにTNR活動みたいなことは、祖父だってやってたわけだし」

　もののけのボス猫のカブは、祖父がまだ獣医師として現役だった頃、保護活動が間に合わなかった猫だ。カブには「去勢などされてたまるものか。人間のエゴにぜったい屈しない」という、猫としてのプライドがあったんだろうね、と祖父は言っていた。

　TNR活動は始まってまだ十数年だ。結局は猫の命をそれ以上つなげさせないための処置なのだし、人の勝手で捨てられた猫を捕まえて手術する。瑞生も、誰もが賛成している善行だとは考えていない。

「カブさんはぼくよりずっと長い間、この谷根千界隈の小動物のことを見てて、なんでも知ってる先輩猫なんだ」

「きのうの夜、カブさんに『瑞生にあんまり負担かけさせんなよ』って言われた」

ニナがぽつりとこぼした言葉に、瑞生は「えっ？」と驚いた。

「ニナ、カブさんと話してんの？」

「何回かだよ。カブさんってそんなに喋るほうじゃないし」

ニナはもののけの言葉が分かる。しかしふたりが話しているところは見たことがなく、天使は鳥みたいなものだから、ニナは猫がちょっと苦手なのかと勝手に思っていた。

「他には？　他にはカブさんとどんな話をする？　カブさん、なんて言ってる？」

するとニナはぐっと口を引き結んで、しばし沈黙した。ちょっとわくわくしたのに「え、なんか言いにくいこと？」と瑞生のテンションが下がる。

ところが、返ってきたニナの答えはまさかの。

「内緒」

「えっ、ええっ。ぼくに話せないこと？」

瑞生は目を大きくしてニナのTシャツの生地をきゅっと掴んだ。なかなかニナの服を買い物に行く時間がなく、先日ルルの服と一緒に通販で買ったものだ。

ニナの目が泳いでいる。「悪口とか、そういうんじゃないよ」なんて言われても、「ええ～」と瑞生は微妙な顔になった。

「ずるいよ～、自分だけカブさんと喋るとか。ぼくが赤ちゃんの頃から、カブさんのふさふさしっぽで遊んだ仲だっていうのに」

「あ……そういえばカブさんが『ルルを見ると瑞生の小さい頃を思い出す、すごくかわいかった』って……言ってた」

なんでそこでニナがちょっとてれてるんだ。

「そ……そう。ふぅん」

思わずそんな答え方をしたけれど、胸にあったかいものがじんわりと広がる心地がする。

幼い頃から傍にいたもののけ猫は、こっちがびくっとするくらいするどい目つきだけど、ずっと瑞生をやさしい心で見守ってくれていたのだ。

これまでも猫語など分からなくたってなんとなく伝わっていたが、ニナにこうして言葉にしてもらったから、その思いをあらためて強く知ることができる。ニナのおかげだ。

「……ありがとう。おしえてくれて。うれしい」

ニナが押すベビーカーのハンドルの端に、瑞生も手を添える。なんだか、目に見えるかたちでつながっていたい気がしたからだ。

ニナは口元にうっすらと笑みを浮かべるだけ。目が合っても、いつもすいっと逸らされる。

その上、言葉数も少ない。けれど、覗いた横顔からうれしそうなのが伝わる。

――ニナのこういう控えめな表現とか行動とか、好きだな。見てて落ち着くっていうか、おだやかな気持ちになるっていうか……。天使の癒やしオーラかな。

獣医師の仕事をしているときは気が張っている。でも、ニナとルルの傍では、心がびょーんと伸びきったゴムみたいにたゆむのを瑞生は感じているのだ。身体的に多少忙しくても、しあわせ感に満たされ、癒やされて、結果的にプラスになっている気がする。

瑞生がベビーカーの中を覗くと、ルルは歯固めのおもちゃを半分口にくわえたまま眠っていた。よだれが口の端からたらりんと垂れているのすらかわいい。

「ルル、爆睡してる」

ベビーカーをとめ、よだれを拭いてあげて、ルルのお気に入りの歯固めのおもちゃは落とさないように、スタイにクリップでつけておく。

「離乳食、そろそろ白米だけじゃなくて、豆腐とか白身魚とかも入れたほうがいいんじゃないかなって。夕飯と、ルルの離乳食用のも買い物して帰ろう」

「うん。……あ、カブさんが今夜、暴れん坊のラブラドールレトリーバーを連れてくる、って話してた」

「えっ、まじで？　がばっと飛びかかられないようにしないと。ぼくはいつも気やすめ程度の運動しかやってないから、体幹がそれほど強くないんだよねぇ。もっと鍛えなきゃかなぁ」

むこうはじゃれついているつもりでも、突進されてうっかり倒されることだってある。

「俺が護るよ」

間髪を容れず、男前のニナに真顔で言われて、瑞生は一瞬「うっ」と言葉に詰まった。

どどどっと胸が鳴って、まばたきが増える。

実際に、気の立ったもののけたちからニナが幾度となく護ってくれている。ニナが真剣な言葉をくれる分、てれ隠しで茶化すみたいな返しは彼の想いを台無しにするから、瑞生もまじめな顔でうなずいた。

「あ、う、うん。ありがと……頼りにしてる」

――なんだこれ、どきどきする。びっくりした。年下男子おそるべし。

こんなことを言われてしまうのは同じ成人男子としてどうなんだ、と思いながらも、その一方でうれしがってしまう瑞生だ。

――言葉少ないけど、こういうのをてれずにまっすぐ言うんだもんな。まじめっていうか、ほんとうに真剣にそう思ってくれてるってことだろうけど。

ニナがもののけの言葉を伝えてくれるから心強いし、すぐ傍にいるという安心感を与えてもらったら、男だけど素直にうれしいのだ。

それだけじゃなく、もののけの診療に対する自信にもつながっている。もののけたちを苦しめている痛みの箇所や原因をつきとめるためによけいな検査をしなくてよくなり、彼らとの意思疎通が格段にしやすくなった。

「ニナが夜の動物病院を手伝ってくれるおかげで、時間に余裕ができたし……。ほんと、感謝してるよ」

だから、こんなふうに力を抜いて三人で過ごす時間がとてもしあわせだ。忙しい毎日の中でタイミングがなくて、気持ちがあっても伝えきれていない、てれくさい感謝の想いも自然と言葉にできる。

「……うん」

少し困ったみたいな、いつものローテンションなかんじでニナが答えた。

――このまま……ニナもルルも、ずっといてくれたらいいのにな。

ニナの背中の瘢痕を完全には消せないけれど、もうすっかり癒えて、ルルは日に日に成長している。

考えたくない未来のことからはいったん目を背けて、瑞生は「夕飯、なんにしようか」とニナに笑顔を向けた。

重そうな色をした雲から雨が降り続く六月中旬。狂犬病の予防接種のラッシュが一段落し、昼休憩にだいぶ休めるようになった。

ルルをベビーカーにのせてニナを外に連れて行くうちに、ニナも買い物の方法を覚えた。ニナは今、瑞生が書いた買い物メモを持って、ひとりで夕飯の買い出しに行っている。

「パパだいじょうぶかな。一緒に買ったことない調味料とか書いちゃったんだけど」

瑞生以外の見知らぬ他人に自分から声をかけて訊ねるなど、大人なら当たり前にできることも経験しないとだめだろうと思ったから頼んだのだ。

先日は銀行でお金を下ろすミッションをクリアし、電車の乗り方も教えた。そろそろニナにスマホを持たせたほうがいいかな、と考えている。

ルルを抱っこして意味もなく部屋の中を歩き回る。落ち着かない瑞生の頬を、ルルが小さな手でふわふわとなでてくれた。

ルルの「だあっ、あ～」が、「そんなに心配しなくてもだいじょうぶだよ」に感じる。

「ルル～」

なぐさめられた気分で、ルルを抱きしめて、かわいいまんまるのおなかに顔を埋めてぐりぐりすれば、ルルは楽しそうに「きゃっ、きゃっ」と笑い声を上げた。

――子どもにひとりでおつかいを任せた親の気持ちってこんななかな。

ルルとふたりで、ニナの帰りを待っていると、ニナがなぜか同じ町内のご婦人と一緒に戻ってきた。ご婦人はたいそうご機嫌な様子だ。心配していたのも吹っ飛んでしまう。

「瑞生くんとこのイケメンさん、すごいわね。助かっちゃったわ〜」

瑞生の「おかえり」がご婦人の声で掻き消えてしまったものの、「すごいって？」と訊ねると、ご婦人がうれしそうにニナのことを報告してくれた。

ニナは買ってきたものをせっせと冷蔵庫にしまっている。

「スーパーでたまねぎ買おうとしてたんだけど、商店街手前のコンビニ横にある店のほうが五十円安かったですよっておしえてくれてね。で、なすは他のどの店よりスーパーのほうが一本多くてさらに二十円安いって。スーパーまでの通り道の店先に出てた特売品を、たまねぎとなす以外にも、何がいくらだったか覚えてんのよ。天才？」

「ははは……たまたま買う予定だったから見てたんだと思いますけど……」

瑞生が笑うと、「これ、お礼。食べて」とコロッケをみっつ、いただいてしまった。

ご近所さんを見送って、ニナが買ってきたレシートを手に取る。

メモに書いて渡したものがぜんぶ揃っていた。おつりもちゃんと貰って、ポイントカードも加算されている。安いものは商店街のほうでしっかり購入済みだ。

「ん？　このお願いしてないやつは？」

「今日ポイント七倍デーだったから、値段がほとんど変わらないプライベートブランドのを買っておいた」

冷凍うどんと揚げ玉とツナ缶。冷やしうどんの材料だ。先日、お昼に食べた冷やしうどんを、ニナはえらく気に入った様子だった。

「ニナ……もしかして、一度見たら覚えるタイプ？」

「……目についたところだけだよ」

——いや、目で見たものぜんぶ覚えていたら頭がおかしくなる。その最小限に必要な情報を瞬間的に判断して取捨選択してるわけだろ？

これまで一緒に行動している間も「やたら物覚えいいな」と感じることはあった。あと、おそらく計算も速い。グラムだの本数だの、割合計算を途中で放棄して「面倒くさい、買っちゃえ」となってしまう瑞生からすると、じつに羨ましい才能だ。

瑞生が一階で働いている間に本も相当読んでいるみたいだし、すべて知識として溜め込んでいるのかもしれない。

「ニナ、午後の診療が終わったら、ニナのスマホ買いに行こ。出歩くようになったら必要になるよ。外でニナがひとりのときに困ったら、すぐぼくに電話できるし、ぼくもニナに急なお願い事ができる」

ニナは瑞生の助けがなくてもひとりで電車に乗り、ひとりで買い物をして、食事ができる。衣食住を自分で確保し、天使ではなく人として生きていくために。

つつがなくミッションをクリアした上に近所のご婦人のことまでフォローするという完璧さがよろこばしい反面、ニナが着々とここを出て行く準備をしている気がして、瑞生はどうしようもなく胸を軋ませていた。

ネット上には便利な情報も間違った情報も、天井なく底なしに氾濫している。記事の真偽を判断できないままなんでも覚えてしまうのはよくないので、「かならず情報元を見て、何カ所か関連記事を探して確認すること。ちょっとでも違和感があるものは鵜呑みにしちゃだめ」と、スマホを持つことになったニナに伝えた。

あやしげなリンクを踏まないようにとか、自分のスマホに未登録からのメールはとりあえず疑えとか、クレジットカードを持てるまではひとりでネット通販しないようにとか、世の親子がするような『スマホルール』も決めた。

ニナはまじめなので、いいことも悪いことも、きっとまっすぐに受けとめてしまう。

「見るなとは言わないけど、エッチなサイトはやばいの多いから、ほんとに。万が一、架空請求とか警告の画面が出ても、脅迫的なメールが届いていても、慌てない。恥ずかしがらずにぼくに見せて」

ニナはちょっと複雑な顔をしつつも、こくっとうなずいた。

——そろそろ発情期とか来ちゃうんじゃないのかなぁ……。それはまぁ、来たら考えることにして……。

スマホの使い方を教えたら、ニナはやはりこれも一発で覚えた。ただ文字のフリック入力だけは慣れないようで、まだまだ手間取っている。いい男がスマホを両手で掴み「ん？　あ、む……」と唸りながら格闘する姿はむしろ微笑ましい。

「ルルはまだスマホの画面見ちゃだめー。綺麗なおめめなんだから大事にしよう、な？」

抱っこして諭（さと）すと、ルルは「めー」と瑞生のまねをする。

最近、ルルはまねっこブームだ。ニナが何かを失敗したとき、瑞生が「あーあ」と言うのを覚えたようで、瑞生が物を落としてしまったときに「あーあ～」とルルからツッコミが入って、ニナと笑ったりした。

「ルル、髪と羽をぶわ～してあげるからおいで」

ぶわ～はドライヤーのこと。ルルはくまさんのイスにちょんとお尻をのせてスタンバイする。

ルルをお風呂に入れ、湯上がりあとのもろもろと、寝かしつけまでが瑞生の担当だ。日中、ニナがルルの傍にずっといる状態なので、子育てから解放される時間だって必要との瑞生の考えでそうしている。

「髪はおしまい。ルル、次は羽広げて」

「あいっ」

瑞生が乾かしやすいように、ルルがクリーム色の羽を広げる。

まだ言葉をあれこれ発せないものの、こちらが話す内容は理解している。「ちょうだい」「おいで」なども指示どおりにできる。「ばいばい」で手を振るし「ぱちぱち」で手を叩く。

そういった言葉の理解だけじゃなく、このごろはつかまり立ちが上手になった。

「人間でいうと生後九カ月から十カ月くらいにあたるのかな」

ルルが生まれてからもうすぐ一カ月。ひと月前の身長と体重から、目を瞠るほどの変化はないものの、言葉に対する脳の発達が顕著だと感じる。

「ルルの背中の羽がちょっと大きくなったし、洋服から外に出してあげたほうがいいかな」

羽と服の処理についてはずっと気になっていた。かつて羽を持っていたニナに、その辺りの感覚について訊ねる。

「靴を履いてるより裸足のほうがリラックスできるのと一緒で、羽が出せたら解放感はあるかもしれない」

「なるほどね！」

これから季節は夏に向かっていく。

「大きく開いていたほうが羽を動かしやすいだろうけど、寒い日だってある。切り抜いてしまうと外に出るとき服の下にしまえなくなるし……。ぼくは裁縫をしたことがないから、院長に訊いてみるよ」

そういうわけで、母のゆりを頼ることにした。

羽を出したりしまったりできるように上衣を仕様変更するアイデアをゆりに出してもらい、その縫いつけ方などをニナが教わる。

それから瑞生が動物病院で働いている間に、今ある服をすべてニナがリメイクした。羽を出す箇所をマジックテープで開閉できるものだ。

瑞生の実家から持ち込んだミシンだが、瑞生自身は使ったことがない。はじめてふれるミシンでも、ニナはなんでも器用に使いこなす。

そうしてリメイクしたものを、一日の終わりにさっそくニナがルルに試着させた。

「ルル、羽をぱたぱたって、してごらん」

何が起こっているのかいまいち分かっていないルルは、最初きょとんとしたまま、瑞生に言われたとおり服から出た羽をぱたぱたとさせた。テーブルについた両手はぐーだ。

ルルは服から出た双翼の解放感がよほどうれしかったのか、ニナと瑞生に向かって大きな眸をくるんとさせ、にぱあっと笑う。

「かっ……かわいいー！」

思わずニナと手を取り合ってしまった。

「ニナ、あれ完璧！　かわいすぎ！」

「うん」

一日中、ミシンに向かっていたニナの苦労も、ルルの笑顔でいっぺんに報われる。

「写真！　写真撮らなきゃ！」

かわいい顔とむっちりころころボディで、羽をぱたぱたさせている。おむつ用カバーパンツのもこもこ具合も、服から出た短い手足も、何もかもがかわいい。だからスマホカメラのシャッターをタップする指がとまらなくなるのもしょうがないのだ。

「ニナ、三人で撮ろう。はーい、1＋1はー？」

「ニナのニーっ！」

セルフィーなんて若い子たちの間ではやっているもの、という認識だったが、最近ついに瑞生は自撮り棒を通販で購入した。

これさえあれば三人で寝転がって撮るとか、人の手ではタップしづらいアングルでの撮影も難なくこなせる。

――スマホの中の画像データをアップすれば冊子を作ってくれるアプリもやってみよう。

こんなに楽しいものをどうして今まで興味すら持たなかったんだろうかと、以前の自分の無関心ぶりが信じられないほどだ。

――なんか、ぼくの世界まで大きく変わった気がする。

ニナと並んで寝転がったまま、あたたかくて甘いミルクのにおいがするルルを胸に抱きしめるだけで、きゅんとしてしまう。

ほんとうは他人なのだし、こんなふうに、まるで本物の親子みたいにしあわせを噛みしめる

のはどこかおかしい気がする。でも、頭の天辺からつま先まで多幸感に浸っているという、自
分にしか分からないゆるぎない事実があるのだ。
「ぼく、変なんだけどさ、今までになく、すっごいしあわせなんだ……。まぁ、これまでの人
生で不幸を語るほどのこともなかったから、普通がいちばんしあわせってことだよなーなんて
思って生きてた。でも今は、毎日、ニナが新しいことを覚えて、ルルが少しずつ成長して、そ
んなふたりが、上でぼくの帰りを待っててくれてるって思うと、仕事もがんばれるっていうか
……あ、話長いね」

「ううん。瑞生の声、聞いていたい」

ニナのおだやかな声に引っ張られて、瑞生はとつとつと話を続けた。

「ぼくは動物の命に関わる仕事をしていて、飼い主さんの気持ちと患畜の気持ちのふたつ分、
責任を負ってるって思うから、ずっと緊張してるし、うまくいかなかったり、どうしようもな
かったりして落ち込むこともある。反対に、飼い主さんのよろこぶ顔が見られて、ぼくが診た
子たちが元気な様子だとうれしいし、よかったなぁって安心する。でもニナとルルがくれるし
あわせとは、なんか少し違うんだ。一日が終わってふたりが待ってる部屋に戻ると、あったか
くて、やさしくて、ほっとできて、しあわせに満たされる。なのに、涙が出てくる……これっ
てなんだろうって……」

「……それは、愛情じゃないかな」

思わぬ答えに瑞生は少し驚いて、ニナのほうを見た。

ニナは目を閉じている。心をたゆませて、ふわふわの雲の上で眠ったらきっとこんなかんじかな、と思えるような、しずかな横顔だ。

「たとえ血がつながってなくても。瑞生はルルが生まれた瞬間から一緒に育ててくれてる。出会った当時は俺だけじゃ頼りなくて、無理だったから、そうするしかなかったんだろうけど」

ニナの言うとおり、神様のごり押しだったし、もののけ獣医としての責任感から、だった。

「今は、義務感なんかじゃないよ」

「うん」

「正直なこと言っていい？」

なんだか胸がどきどきして、瑞生は頬が熱くなるのを感じる。

何かを感じ取ったのか、ニナがまぶたを上げて、ゆっくりと瑞生のほうを見た。

視線が交わると、ニナの眸は不安定に揺れる。

「ニナ。手つなご」

話しているうちにルルが瑞生の胸に抱かれたまま、うとうとしているから動けない。

だから瑞生はただ自分の右手を、ニナのほうへ差し出した。

するとニナは横臥になり、最初遠慮がちに瑞生の右手に重ねて、もう一度目が合うと、何かのスイッチを押されたみたいにぎゅっと掴んできた。それで、互いに同じことを望んでいるか

もしれない、という気持ちにさせられ、瑞生は迷いなく口を開く。

「ぼくさ……あの、このまま、ここにいてくれたらいいのになって思ってる」

つなぎとめたい。

しあわせを感じる一方で涙が出てくるのは、いつかここからふたりがいなくなるかもしれないから、ではないだろうか。

「……ずっと……？」

ニナの囁くような問いかけに、瑞生はふわりと笑みを浮かべて「ずっと」と答えた。

「ニナとルルとここで一緒に暮らしているこの生活が、もうぼくにとっての当たり前になってる。ずうずうしいかもだけど、家族みたいな感覚だなって……」

「ずうずうしくなんかない。うれしい」

「ほんとに？　ぼくもうれしい」

できそうとか、できないかもとか、そんな現実的で具体的な話をしたいわけじゃなくて、この瞬間の気持ちは本物なのだから、とにかく今、強くつながりたい。

ニナは伏し目がちにうすくはにかんで、「うん」とうなずいた。

4．さみしい自転車

そういえばニナの発情期って来てないよな、と気付いたのは、夏まっさかりの八月。ルルが生まれて四カ月が経った頃だった。

男ばかり三人の環境で、発情しようがないのかもしれないが、一般的な季節繁殖動物の発情シーズンはだいたい二月から九月頃まで。ペットとして飼われている鳥は飼育環境に左右されやすく、季節に関係なく発情することもあるし、ストレスなどで発情しないこともある。

「羽がなくなって、天使じゃなくなったから、発情期もなくなったとか……？　それとも地上に下りて、天使として本来ある身体機能が抑制されたり薄れてるだけなのかな。出会ったとき、心拍数に順応の現象が見られたし」

過剰な発情による精巣腫瘍(しゅよう)の疑いがあるセキセイインコ——動物病院の患畜の治療法について考えていて、ふとニナのことが気になったのだ。

過剰なのもいけないが、本来あるべきものがないのもよくない。

「羽はないけど、天使は天使だよ」

ニナの言うとおり、天使はひっくり返っても天使だ。

「ごはん食べよう。ルルも座って。おてて合わせてください」

ニナに呼ばれたルルが「うんしょ」と立ち上がる。

今日の診療が終了し、瑞生とニナとルルの三人でテーブルを囲む夕飯タイム。

ルルはよちよち歩きで自分のベビー用くまさん椅子に座り、「あいっ」と声を上げ、ぱちんと手を合わせた。身長七十五センチ、体重九キロと体格的には少し大きくなった程度だが、運動能力と身体機能は人の子どもなら一歳半くらいにあたる。

「ぱちんはだめです。いただきますはありがとうって意味だから、ぱちんしないの」

ニナに注意されて、ルルは素直に「ぱちん、だめー」と復唱している。それからそーっと手を合わせるのがかわいくて、瑞生は笑いたいのをこらえながら見守った。大事なしつけのときは、笑っちゃいけない。

「ルルも、いただきまーす」

「いたーますっ」

瑞生が「よくできました」と褒めると、ルルはうれしそうにぱっとして、羽を控えめにぱたぱたとさせる。「ごはんのときに羽ぱたぱた〜は、しちゃだめ」と注意されるからだ。

夕飯は、ニナが作ってくれた蒸し鶏と温玉と野菜たっぷりのあたたかいそうめんを食べた。

ルルも薄味に調理された同じものを食べる。アレルギーがないから玉子は少し固めに茹でたものだ。大人ふたりはミョウガや生姜などの薬味をプラス。

瑞生が動物病院で働いている間、ニナはルルの面倒をひとりで見て、ルルを連れて買い物へ行き、こうしてごはんを作って待っていてくれる。

ニナはこの四カ月ほどで、みるみる料理の腕を上げた。瑞生の母・ゆりに教わったり、近所のご婦人に聞いたというレシピをさっそく実践してみたりと、何事にも積極的なので上達するのが早い。

――料理とか日本人のしきたりとか、ふと気付いたら、なんでも知ってるし、できちゃってるんだよな。押しが強いわけではなくてむしろ控えめなのに、気付けば交友関係広がってるとか……ほんとびっくりする。

いつのまにか獣看護師の女の子に声をかけられていたり、はっと気付けば二階のトリマーの子と話してた、なんてこともあった。とくに、トリマーのすみれさんはニナと同じ二十四歳のシングルマザーだからか、子育てについてよく話をしているようだ。

ニナに声をかけるのが近所のご婦人だとぜんぜん気にならなかった瑞生も、『はまな動物病院』で働く女の子たちと仲良くされるのには、ちょっとしかめっ面になってしまった。

――ノーブルで、絵に描いたような王子様的ルックス。どこかミステリアスなのに、話すとアットホームなイクメン。こんなハンサム、モテるに決まってる。

谷中商店街を一周すれば、お店の人からおまけされたものが、ベビーカーに引っかけた買い物用バッグにけっこうな数で入っていたりする。スマホの番号が書かれた名刺が、そこに一緒に投げ込まれていたこともあった。

——心配しなくても相手が見つかれば発情するだろうし。むしろ発情期フィーバー来そうだから、そっちの心配しなきゃいけなくなったり……するのかな。

谷根千界隈を歩くと「海外タレント？」と振り返られる。町の景観から浮いてしまうほどの眉目秀麗（びもくしゅうれい）な男なので、そこらでただ立ち話をしているだけでも目立ってしまうのだ。

——純真でまじめなニナにかぎって恋愛沙汰で職場を荒らしたりはしないだろうけど、『はまな動物病院』の獣医師として院内の秩序を保たねばというかね。

なんて自分の中の正義を前面に押し出してみても、その裏側にある刺々（とげとげ）しい何かに、自分の心をぷすりとつつかれる。

すごくいやな感情だ。今までの人生でも覚えのないような。

——今は谷根千界隈限定だけど、あんだけのイイ男がこのまま永遠に放っておかれるわけがないよなぁ。

いつかニナはどこかの誰かとつがう。発情期を忘れているニナの身体を心配するような言葉をかけておいて、自分の心の中が見えない。

ニナのモテすぎ問題に関してもんもんと考えていたら、つい箸（はし）がとまっていて、「瑞生？」とニナに心配されてしまった。

「あ、いや、うん……。ニナの発情期について考えてた。夜は夜で、もののけ動物病院を手伝ってもらってるし、すごくストレスを溜め込んでるせいなんじゃないか、とかね」

思考はそこからだいぶ脱線したけれども。

しかしそんな瑞生のごまかしにも、ニナはいつだってまじめに向き合う姿勢だ。

「ルルがいつも傍にいるし、生活環境が変わって、緊張が続いて……っていっても、子育ての緊張感であって、ストレスなんかじゃないよ」

「そう？」

「うん」

ニナの返答の様子からも、瑞生に対して気を遣ったり、嘘をついているかんじはしない。

「なんかあったら、言ってね。好きな人とかできたら、発情期が来るかもだし」

なんとなく目を合わせられないでそう言うと、ややあってからニナが「……うん」と小さく返事をした。瑞生が顔を上げたときには、ニナはルルの口まわりを拭いていたから、その瞬間の表情は見ていない。

二カ月前まで、ルルは「いただきます」が「いたーます」だったり、「ルルも」のあとの動詞が省略されていたり、単語での会話が主だったのが、ずいぶん上手におしゃべりできるようになった。『みー』としか呼べなかった瑞生のことも、最近は『みず』だ。

ルルは生後六カ月。生後一年ほどで、天界で恋のキューピッドとしておつとめをするようになるらしいので、今まさに加速度的に成長しているのかもしれない。

「いちごのアイス食べる」「ルルにもそれ見せて」と細かい言い回しができて、語彙も増えた。アニメやドラマを見ればその内容をちゃんと理解しているようで、共感して「悲しい」と泣いたりする。

食事にもほとんど手がかからなくなった。人の子どもならおむつが取れるのは二歳から三歳といわれているが、もうルルは夜間だけつけて、日中はトイレトレーニングをしている。

体形は二カ月前とほぼ変わらず。頭脳と心の発達は顕著なのに、身長と体重にあまり変化が見られない。それを瑞生が心配すると、キューピッドは人の子どもでいうと一歳半から二歳くらいの体格まで育ち、一旦成長がとまるらしい。

体形をしばらくキープしつつキューピッドとして活躍したあと、天使になるべく再び成長がはじまるというのだ。

ルルがお絵描きをしているのを傍で見守っていたら、「ぬああん」とカブの声が響いた。

「どうぞ～」

この日カブが連れてきたのは、ハリネズミ二十匹、うさぎ五羽の団体さん。みんなほんの数時間、瑞生の部屋で養生するためにやってきた。もののけたちからすると、瑞生がふれてあげるだけで心地よくなるらしい。

　ニナに話を訊いてもらったところ、とくにケガなどしている子はいないので、今日の『はまなもののけ動物病院』はリラクゼーションタイムを提供するマッサージサロンみたいなものだ。もののけたちがわらわらと入ってきて、瑞生の部屋がちょっとした動物園状態になった。

「ハリネズミさんっ、うさぎさんっ！」

「わっ、ちょっと待って！　かわいく見えるけど、みんなもののけさんなんだよ～」

　ルルはもののけにまったく動じないで飛びつこうとする。

「ルルはさわっちゃだめ。ルルの元気がなくなっちゃうんだ。今度、ルルを動物園に連れてってあげるから。な？」

　もしかすると瑞生が子どもの頃からそうだったように、ルルもなんともないかもしれないが、だからといって、だいじょうぶかどうか実験、なんてまねはできない。万が一のことを考えて、ルルにはふれさせないようにしている。

「……はぁーい……」

　かわいい動物が目の前にいるのにさわれない。ちょっと拗ねたルルは、ニナに抱っこされても、子どもらしくしばらくいじけていた。

　うさぎにとっての気持ちいいツボは身体の上側に集中していて、耳のつけ根にあたる頭部分を指でなでてあげると、うっとりと目を瞑る。逆にハリネズミは下のおなか側。

　みんなのマッサージが終わる頃には、リラックスしすぎなハリネズミとうさぎがリビングにころころと転がっていた。

「ルル、寝ちゃった？」

「あのままふて寝」

　寝室から出てきたニナが、リビングのころころ状況に笑っている。

　ニナは眠っているハリネズミとうさぎをよけて歩き、瑞生の傍のあいているスペースに腰を下ろした。

　ごそごそと動いていたハリネズミを手にのせて、ニナが「気持ちよかった、だって」と瑞生に伝えてくれる。

「どういたしまして。また来てね、ってみんなにも伝えてくれる？」

「うん」

　それからニナが「どの辺が気持ちいいの？」と訊くので、ハリネズミのリンパ節の箇所をいくつか教えた。

　顎下、腋窩だと、ハリネズミにあまり慣れていない人でもさわりやすい。

「あ、ほんとだ。気持ちよさそう……」

　大型犬も一瞬で手懐けることができるゴッドハンドの指先でやさしくくすぐられて、ニナの手のひらのベッドでハリネズミはされるがままで目を閉じている。

はっと気付けば、「ぼくも、ぼくも」というようにハリネズミたちがわらわら集まってきて、ニナはすっかり囲まれてしまった。

「これは……谷根千界隈のもののけたちの間で噂になっちゃうかもね。『はまなもののけ動物病院』に腕のいいマッサージ師がいるぞって」

「俺が手伝ったら、瑞生は助かる？　動物のツボみたいなの、勉強したほうがいいかな」

「助かるよ。本があるから、あとで出してあげる。ニナは覚えがいいし、きっと評判になる」

ニナの周りには、施行後のハリネズミたちがあまりの気持ちよさにどろんと伸びた状態になっている。

——いいな……。ニナにあんなふうになでられるのほんとに気持ちよさそう。

ふっと湧いた願望に瑞生ははっとして、自分で戸惑った。

——いや、たんなるマッサージだろ。

今度は、おかしいと思うことこそおかしい、という出口のない思考の輪をぐるぐるしてしまう。だからそれを打ち消すように、明るい声を出す。

「人間もリンパマッサージするといいんだよ。顔とか、自分でやってもそこそこ気持ちいい。老廃物を流すから小顔効果あるし、顔色が明るくなる。うちの女の子たちにも教えた」

「どうやるの？」

「顔用クリームを手のひらであたためて、顔の内側から外側に指でやさしくなでるのが基本。ひたい、目のまわり、鼻、頬、あご……で、顔の外側に集めたのを首筋に下ろして、鎖骨の内側から外側に流してやる」

ニナはハリネズミをそっと床に戻して、自分の顔でリンパマッサージを試し始めた。

「……あ。最後、鎖骨から外に流したときに、何か抜けてくかんじがする」

「すうってくるよな。……や、やったげよっか？　マッサージって人にされると気持ちよさ倍増するもんだし」

どきどきしすぎて噛んだ。

——してほしいと思ったんだし、これはその逆だから違う。

自分自身すら説得できない言い訳を心の中でして、「こっち向いて」とニナの手を取った。

変な間を置きたくなくて、向き合ってすぐにニナの顔に手を伸ばす。

「目のまわりにさわるから、目は閉じててよ」

ニナがまぶたを閉じて、瑞生はニナの前に膝立ちになった。距離を詰めることで、手が届きやすくなる。

ニナの髪を捲ると、白いひたいがあらわになった。

ただのおでこなのに。なぜだか、いとしい、という感情がぷくりと湧いた。

ニナの濃い蜂蜜色と同じ色をした眉毛。たまらずにふれると、ニナが目を閉じたまま

「ふっ」と笑う。

「……眉……くすぐったい」

「子どもって、眉のとこなでてやると寝るよね」

「……気持ちいいからかな」

目のまわりに指を滑らせると、ニナの長い睫毛が指にふれる。

——……わぁっ……。

胸に湧く気泡のような感情がとまらなくなる。

綺麗に整った鼻筋、小鼻、鼻の下、頬……、首筋から鎖骨へ——その瞬間、ニナの身体がびくっと震えて、彼の目が大きく見開かれた。

「ニナ？」

途端に、ニナの身体がざっと後退する。

ふたりがかつてないほど接近していたことに、視覚的に驚いたのかもしれない。

「——……あ、……ありがとう」

戸惑いを隠せないニナの言葉と避けられた事実に、瑞生は自分がちょっと傷ついているのに気がついた。

「……うん」

少し離れたままの位置で、ニナが立ち上がる。

「お風呂、入ってくる」

そのタイミングでセラピータイム終了を報せるカブが「ぬあああご」と現れ、瑞生は窮地から救われた気分で肩の力を抜いた。

この翌日、ニナが「少し外で働きたい」と言い出したのだった。


人が働くのは、その職が自分の夢や希望そのものだったり、そういうものを手に入れるための資金作りやステップアップだったり、あとは日常生活を可能にするため、自分で稼いで生きていくためだと思う。

「俺もルルの服とか買ってあげたい。それに、人間の世界で生きていくためには、お金が必要だし」

働きたい理由をニナに告げられて、瑞生は言葉に詰まってしまった。

どきっと胸が鳴り、治まる間もなく心臓がきりりとよじれる心地がする。

いずれ出て行くつもりです、と明確に宣言されたのと同じな気がしたのだ。

瑞生が以前「このまま、ここにいてくれたらいいのになって思ってる」と話したとき、ニナに「ずっと?」と訊かれたが、死ぬまで永遠にという約束をしたわけではない。

そんなことは分かっている。分かっているけれど。

「……働くっていっても、どこか目星つけてんの？　ルルはどうするつもり？」

ニナがバイト先として考えているのは谷中商店街の惣菜店らしい。時間は午後からの四時間ほど。お店の人に以前から「赤ちゃんを背中におんぶしたままでもいいよ」と声をかけられていたとのことだ。

「惣菜店って、油跳ねとか……」

「厨房じゃなくて店頭で主に接客。だから危なくないし」

ニナが店頭に立てば、売上アップしそうだ。店主が「子ども連れでも」と言ってくれるのはありがたいけれど、ルルが退屈して、結果的に迷惑かけたりしないだろうか。

「でも、ルルを外に出すのは危険じゃないかな。おんぶっていっても、四時間ずっとってわけにいかないし」

背中に羽があるなんて万が一にも他人に知られたら、それこそ大変なことになる。

「一畳分だけど、座れるスペースがあるんだ。ルルは聞き分けいいし、おとなしくお絵描きとかして待ってくれるかなって……無理かどうかはやってみないと分かんないと思う」

それを言われると何も反論できなくなる。

しかしキューピッドを託児所に預けるわけにもいかない。

「ルルと一緒にいられる時間は短いんだ。ルルが天界へ戻ったら、ほとんど会えなくなる。

キューピッドとして恋の矢を射るときに地上へ下りてくることもあるけど、そのたびに会えるわけでもないし……。それに俺も、ルルに何か持たせてあげたいなって」

「持たせる？」

「神社のお守りとか……。普通は親の羽をあげるけど、俺はもう羽がないから、その代わりに」

三人で散歩したときに、谷根千・帯にいくつも建立されている神社の前を通った。

神社で売られているお守りとか、ご利益とか、そういう説明を瑞生がしてあげたので、ニナは親元を発つときルルに持たせてあげたいと考えたのだろう。

お守りは高くてもひとつ千円くらいだ。だけど瑞生が「それくらいぼくが出してあげるし」、では意味がない。今のニナには、お守りひとつ買えないから。

切なさに胸がぎゅっと軋んで、瑞生は大きくうなずいた。

「うん。分かった。ニナのしたいように、していいと思う」

するとニナが珍しく明るい笑顔になった。いつもはどこか遠慮したようなはにかみを浮かべるが、よほどうれしかったのだろう。だからなんだか新鮮で、どきっとして、ちょっと複雑な心境も相まって脳裏に焼きついてしまう。

「ありがとう、瑞生」

「いや、うん。そうだよね。親だったら、そう考えるよね。言われるまで気付かなくてごめん」

瑞生が詫びると、ニナは柔らかな笑みを浮かべ、「謝ることない」と首を横に振った。

「誰もいない……」

ニナが谷中商店街の惣菜店で働き始めて三日。ニナとルルは、瑞生が昼休憩に三階へ戻ったときにはいなくなっている。

ニナとルルの置き手紙には『行ってきます。お昼ごはん食べてください。午後の仕事もがんばって』『みず、だいすき』と書いてあって泣きそうになった。

ごはんはまだあたたかい。ふたりのぬくもりがあちこちに残ったままの部屋で、ひとりランチタイムなんて、こんなわびしい時間がこれからも続くのはつらい。

ニナとルルがここへ来るまでは当たり前の生活スタイルだったのに、今はもうこんなにあり得ないことになっている。

ふたりがいないのは一日のうちたった四時間ほどだけど、瑞生にとっては癒やされる昼休憩の二時間が含まれていた四時間なのだ。そのウエイトは大きい。

バイトを始めたニナに何も困った様子はない。毎日、商品のおかずを貰って帰ってきて、今日あったことなど話してくれる。

ルルは午前中に公園でめいっぱい遊んでいるため、午後は二時間ばかり、畳で気持ちよくお昼寝しているらしい。ニナは「疲れさせ作戦だよ」と言っていた。

　昭和の時代からある家族経営の惣菜店は、店主のご夫婦、長男とその嫁の四人で回していて、お嫁さんが妊娠七カ月。だからお嫁さんのピンチヒッターとして、できれば数カ月じゃなく、もう少し長く働いてほしいとニナはお願いされているそうだ。

「あーどうしよう。見に行っちゃおうかなぁ〜……」

　正直、「二世帯夫婦の店で、他にアルバイトさんはいない」と聞いてほっとしたのだ。

　バイトの女子高生や女子大学生、年頃の娘さんがいたら、純真無垢な天使のニナなんてあっというまにホニャララなことになってしまいそうな――と架空の敵に警戒心をあらわにしてしまう自分もたいがい謎だが。

　もののけ動物病院で、もののけたちを相手にしているニナを見る限り、いやみのない接客でうまくやっていそうだし、ルルはおりこうさんだ。

　べつに心配しているわけじゃないが、それでも気になる。

「普通のお店で働いてるニナを見たことないからさ。ちらっと見て、ぴゅっと帰ってくればいいし」

　変な言い訳だ、と思うけれど、見に行きたい理由がなぜか必要だった。

　ニナが用意してくれていた親子丼を急いで食べて、瑞生は自転車で商店街へ向かった。

　瑞生も何度か買ったことがある惣菜店。メンチカツやコロッケ、からあげといった惣菜主力商品や、焼き鳥、サラダや和え物などもあり、ご飯付きで持ち帰りの弁当にもできるようだ。

「焼き鳥のいちばん人気はレバーとぼんじり。どっちもタレがおすすめ！　おいしいよ！」

――威勢のいい声はここの息子さんかな。

すっきりした短髪で細マッチョな身体を惜しげもなく見せつけるようなサイズ感のTシャツ、にかっと明るい笑顔に輝く白い歯、動物病院で普段接している中にいないタイプで、ずいぶんエネルギッシュな人だ。

細マッチョなお兄さんは「ニナー」と中に向かって声を上げた。

「塩からあげ、あと何分で揚がるか親父さんに訊いてくれる？」

店の中から「ケンスケさん、三分です」とニナの声が返ってくる。会話の内容から、その細マッチョのお兄さんは『ケンスケさん』だと分かった。

数分の間に、お客さんが途切れることなく入っては、お会計を済ませて出て行く。繁昌していて忙しそうだ。

笑い声が聞こえて首を伸ばして覗くと、ケンスケさんと近い距離で楽しげに話しているニナの姿が見えた。

――かわいがられてる……。

惣菜店で働く天使。だいぶシュールだ。みんなは天使だとは知らないだろうから、このイケメンモデルみたいな人はいったいどこから来たんだろうと少し不思議に映るだろう。

『かりかりジューシーからあげ大人気！』と書かれたのぼり旗のかげに隠れて様子を窺っていたら、ルルが「みず！」と声を上げて出てきた。中から見えていたようだ。

「ルル！」

たたたたっと駆けてきて、ぼふっと瑞生の足もとにぶつかってくる。満面の笑みで見上げてくるルルを、瑞生はよいしょと抱き上げた。

「みずぅ～、ごはん食べた？」

「食べたよ。ニナが作ってくれた親子丼、おいしかった。ルル、お手紙ありがとう」

「ルルがいないとさみし～い？」

ルルのかわいい質問に、ちょっと涙が出そうになる。

「うん。さみしいよ」

すると気付いたニナとケンスケさんが一緒に出てきて、瑞生は「時間があったから、見に来ちゃったんだ」と笑った。

ニナは瑞生を「お世話になっている友人」と紹介した。動物病院でもどこでも、そういうふうに説明している。

「ニナが店に立つようになってから、ものすごくお客さんが増えたんですよ～」

ケンスケさんがそう話す間にも、どんどんお客さんが入っていく。ちょうど昼時なので、会社勤めと思しき女性客らや、奥様たちがぞくぞくと。

忙しい時間なので、奥で作業中のご夫婦にも軽く会釈をして、「がんばってね」と手を振り、瑞生は惣菜店をあとにした。

ひと足漕ぐたびに、泣いているみたいにきいきいと自転車が鳴る。

あんまり乗らないせい。油をささなければ。

最後に乗ったのいつだっけ――ニナとルルと暮らし始めて、ほとんど乗らなくなったのだ。

いつも三人で歩いているから。

さっきルルに「ルルがいないとさみし～い？」と訊かれて分かった。

ニナとルルの様子が気になって見に来たのだと思っていたけれど、いちばんは、どうしようもなくさみしかったのだ。

あったかいおいしいごはんを用意してくれていても、そこにニナとルルがいなければさみしい。味けない。でもそんな思いをぶつけたら、ニナを困らせるだけだし、大人として恥ずかしいからぜったい言えない。

素直にふたりが大好きと言えたらいいのに、ほんとうの家族ではないとか、だから友だちって言わなきゃいけないとか、よけいなことをいろいろ考えてしまう。

――家族みたいにずっと一緒にいるのに、「この人は家族じゃない。ただの友だちです」って言われたも同然な気がして、胸がちくちくするんだよな。

こんなにもふたりを大好きだなんて、自分の想いの強さに自分でちょっと驚いてしまう。

――このままでだいじょうぶかな、ぼく……。

ルルが天界へ帰ってしまうまであとどれくらいだろうか。おそらくあと半年を切っている。

ふたりがいなくなる日のことを考えたくない。

瑞生は自転車を下り、押して歩いた。

嵐みたいに荒れた胸が鎮（しず）まるまで、時間がかかりそうだったからだ。

5. 発情期

ふたりと暮らすようになって十カ月。年をまたいだ二月中旬、まだ夜は寒いけれどルルが屋上で翔ぶ練習を始めた。ちょうど周囲に高いビルがないから、軽く翔び上がるくらいなら目立たない。

「ルル、羽で風をいっぱいに受けるイメージで。ふわっと浮く感覚を掴むんだ」

天使のニナが翔び方を教えている。

年末辺りから部屋の中でも、翔ぶための力をつけるべく、ぱたぱたっと双翼を羽ばたかせていた。それが外に出てはじめて、風にのって翔ぶということを体感している。

ルルは身長八十センチで完全に成長がとまった乳児体型なので、身体のバランスを崩しやすい。マットを敷いているとはいえ、ケガなどしないか見ていてひやひやする。

部屋では『キューピッド入門セット』に入っていたレプリカの弓と矢で練習を開始した。運動能力を上げるのはもちろんのこと、言葉もずいぶん達者になって、会話になると十二歳くらいを相手にしているような感覚だ。ルルは天界へ帰るための準備を着々と進めている。

「天界でのテストに合格しないと、神様から本物のキューピッドの弓矢を拝受できない。恋の矢を正確に射る腕も必要だし、その精度を上げるためにはまず上手に翔べないと」

ニナの横顔は真剣だ。ルルの父親として一人前のキューピッドに育てる責任がある。

ニナの言うとおり、いくら上手に射ることができても、うまく翔べずにコントロールを失ったら、とんでもないところに矢を放ってしまうかもしれない。

「がんばって、ルル」

離れたところから瑞生も小さく応援する。ルルがいなくなるのはさみしいけれど、たくさんの恋をかなえる立派なキューピッドになってほしい。

――ルルもだけど、ニナも……。

ニナは秋頃に始めた惣菜店でのバイトを続けている。日に四時間、地道に働いて給料はほとんど貯金しているようだ。

はじめての給料の日、ニナが瑞生に「これまでの家賃のたしに」とバイト代を渡そうとしたので、「夜のもののけ病院で通訳してくれてるし、ごはん作ってくれてるし、これ以上貰わないといけないものなんてない」と丁重にお断りした。

――でもお金を受け取らなかったから、そのあとこっちが赤面する展開になっちゃったんだよな。天使ってほんとに心が綺麗なんだな。

ニナは給料日のたびに、グラスに活けられるくらいのミニブーケを「ルルと選んだ」と言って瑞生にプレゼントしてくれるようになった。花をプレゼントされたのは、瑞生の人生ではじめての出来事だ。黄色のラナンキュラス、薄いピンクのダリアや淡いグリーンのバラ。「小さいけど、かわいかったから」とてれくさそうなニナの表情に、「ニナのほうがかわいいんだけど！」と内心で身悶えてきゅんとしてしまう。

——ルルの誕生日は四月。あと二カ月。たった二カ月。

見上げれば冬の星座。でもあとたった二カ月後には季節が変わっている。

ルルがいなくなったら、ニナもいなくなるつもり？

短い問いなのに、瑞生はずっとそれが訊けずにいた。

三月も中頃になると、日中はあたたかい日が多い。

午後休診となる水曜日。午前中の診療が終わったらニナとルルと三人で出かけようと約束していた。ルルが一歳になるまであとひと月ほど。もうあまり長く一緒にいられないから、ひとつでも多く思い出をつくっておきたい。

瑞生がビルの外階段を下りようとしていたところ、動物病院がある一階の辺りで、ニナとトリマーのすみれさんが立ち話しているのが目に入った。

ニナは、水曜は午前中だけバイトを入れ、瑞生の時間に合わせてくれている。だからちょうどバイトから帰ってきたところだ。すみれさんは私服に着替えて、いつもアップにしている髪を下ろしている。これから帰宅するところだろう。

保育園に通う男の子がいるシングルマザーのすみれさんと、ニナがどんな会話をしているのか、又聞きしても直接聞いたことはない。子どもをもつ親同士のコミュニティーに独身者が入っていけないかんじ。疎外されているわけでもないが、勝手に気を遣ってしまっていたからだ。

なんとなく魔がさして、控えめな足音で下りた。完全に消すと盗み聞きになるし、でも聞きたいし。「ぼく、ここにいますよー」のアピールをして、もし職場の関係者に聞かれたくない話ならやめてくれないかな、という気持ちもある。

――複雑。なんで？

自分の不可解な思考に戸惑いつつ、ゆっくりとした足取りで下りていく。

「関東近郊で、子どもをのびのび遊ばせられるような、人がいないところねぇ〜。難しくない？　山奥とかになっちゃうよ」

すみれさんの声が聞こえ、ニナが「ちょっと遠出しないと無理かな……」と返している。それに対してのすみれさんの言葉に、瑞生は耳を疑った。

「なんで人がいないとこ？　わたしとかもだめってかんじ？」

ぎょっとした。

すみれさんはニナに誘われたい、とアピールしているのだろうか。

瑞生は思わずそこから階段をだだだと駆け下りていた。

「ニナ。何話してんの？」

すでに聞こえていた内容をすみれさんが丁寧に説明してくれる間、どうしようもなく胸がむかむかしていた。

ニナは目をぱちりとさせたあと、「えと……あの……」と言いにくそうにしている。

ニナはルルを思いきり遊ばせたい、というていで、ルルがキューピッドとして空を翔んだり、矢を射る練習ができるような場所がないか、彼女に訊いたのだ。そんなことは分かっている。

でもなんだか、とっても意地悪な気持ちになってしまった。

――それ、すみれさんに訊かなきゃいけないこと？

「それ、ぼくがあとで考えるからだいじょうぶだよ」

頭の中にある刺々しい言葉を少しだけマシなかたちに変換して声に出す。にっこり笑ったつもりだったけれど、ちゃんと笑顔になっていたか分からない。

すみれさんが「おつかれさまでした～」と帰ったあと、瑞生は盛大に落ち込んだ。

――何やったんだぼくは……。ふたりの会話を邪魔して、横取りするようなまねを。

恥ずかしすぎて、穴を掘って潜りたい。しかも割り込むまで気付かなかったが、ニナの背後にルルがいたのだ。バイトから戻ってきたところだったのだから、当然だ。

ルルがニナの背後からひょこんと顔を出し、きらきらした目で「みず、おなか痛いの？」と訊かれた瞬間のいたたまれなさは筆舌し難い。

そのあと三人で動物園に来たわけだが、ついぼんやりしてしまい、置いていかれそうになること数回。

「瑞生？」

ニナはルルを抱っこしたまま、少し遅れて歩いていた瑞生を振り返る。

今日、動物園に来たのはルルのリクエストだ。

「やっぱ……疲れてるんじゃ」

「いや、そうじゃない。ルル、交代するよ」

ちょっと高い柵があるとルルは小さくて見えないから、動物園では抱っこ率が上がる。

せっかくの余暇だ。いつまでも反省して落ち込んでいるのはもったいない。

そういうわけで、瑞生は「それ、ぼくがあとで考えるからだいじょうぶだよ」ときっぱり宣言したのだから、ルルがのびのびとキューピッドとしての練習ができる場所を見つけてやると決意した。

外での飛翔（ひしょう）練習はリスクがある。例えば山奥の、人がいない場所といっても、完全に人目を避けられる保証はない。

　そこで瑞生が見つけたのは、千葉のプライベートキャンプ場だった。

　一日五組のグランピングスタイルの施設で、それぞれのテントがだいぶ離れている。週末泊は無理かなと思っていたところ運良くキャンセルが出たのだ。

　土曜日の診療後、実家の車を借りて瑞生の運転で向かった。夜のもののけ動物病院は土曜日だけお休みさせてほしいとカブにお願い済みだ。

「車で出かけるってことがあんまりないからさぁ……人を乗せて運転っていうのもほとんどなくて、ちょっと緊張するんだけど」

「みず、車でデートしないの？」

　ルルのするどいツッコミに失笑してしまう。

「はい、したことないです。ずーっと獣医さんのお仕事が忙しかったんですぅ」

　もう何年も恋愛から縁遠くなってしまっていることへの、苦しい言い訳が『仕事』。我ながら恥ずかしい。

　アクアラインを通り、車で一時間半ほど走って、すっかり陽が暮れた頃に目的地に到着した。

　三人が泊まるのは寝室やリビングを有する二階建てのデッキ付きコテージだ。少し高台にあるので、周囲に大型のグランピングテントも見える。柵があり、視界に人が入らない。

リビングはテーブルやソファーやハンモック、寝室はキングサイズのベッド、そして、森と空を眺められる露天風呂。芝生の庭には焚火場があり、キャンプ道具をあれこれ持ちこまなくてもバーベキューができる。

ルルとニナはさっそく部屋のあちこちを見てまわり、「わーっ」と歓声を上げて、ベッドに転がってみたり、意味もなくソファーに座ってみたりと楽しそうだ。

「芝生にテント張ってもいいんだよ。すぐ近くにブランコとツリーハウスもあるから、あしたは朝からめいっぱい遊ぼう」

おなかがすいたルルは「ごはんっ！」と備えつけの皿とフォークを手に持って、バーベキューデッキで早々とスタンバイしている。

食材や飲み物は持ち込みで、バーベキューをした。

「お外でごはん、はじめてー」

「ルル、お肉はちゃんと噛まないとだめだよ」

瑞生の声を聞いているのかいないのか、ルルは星空を見上げながら、小さくカットしてあげた肉をもしゃもしゃ食べている。身体は小さいけれど、食欲旺盛だ。

「お星さまいっぱいだね～」

「ルルががんばってるかなって、あの星明かりできっと天の神様が見てるよ」

ニナの励ましに、ルルはこくんとうなずいた。

空には満月を少し過ぎた月が浮かんでいる。

ぱちぱちと薪が燃える音、遠くに聞こえるカエルの鳴き声や鳥のさえずり。

動物病院での仕事が中心の日々も、瑞生にとってはしあわせだった。そこに不満などなかったけれど、ルルとニナと出会ったことで、瑞生にはなかったものを与えてもらってるなぁと思う。なくてもよかったものが、今は必要なものになっている。

「立派なキューピッドに、なれますよーにっ」

「願い事は満月の日じゃなくて、これから満ちていく新月に向かってするといいんだって」

やさしく柔らかなニナの声も耳に心地いい。

もしも、神様が願い事をきいてくれるなら、瑞生が思うことは今、たったひとつだ。

――このまま、三人でいられたらいいのにな。

願いがかなわないのは、それがかなうと心から信じていないからだと誰かが言っていた。

――もしかなうなら、ひと晩中、新月に向かって強く願うよ。

「もう少しゆっくりしたら、翔ぶ練習しよう、ルル」

「うん！」

そうしてその晩、ルルは二階のテラスから翔び、地面へ上手に着地することができたのだった。

満天の星空の下で、ルルを真ん中にして露天風呂に入った。

三人で一緒に入浴するのははじめてだ。しかもこんな最高のロケーションで。

家では瑞生がルルをお風呂に入れている間にニナが食事の後片付けをしていたり、その逆だったりで、慌ただしい時間だった。

「あ〜、もっと早く、こういうとこ探せばよかったなぁ」

「俺も瑞生も毎日必死だったし。瑞生は、昼は動物病院、夜はもののけ病院で忙しくて」

日々を過ごすので精いっぱいで、あっという間に一年が経ってしまう。

「一年しかないってこと、もっとちゃんと考えるべきだったよ……」

何がいちばん大切だったかも、日々が過ぎてしまってから分かったりするものだ。

でもそんなふうに振り返ってもしかたない。今日ここに三人で来られてよかったと、今はそんなしあわせに浸っていよう。

「こういうところ来てゆったりすると、こんな癒やしが必要だったんだって実感する」

「みずはちゃんと恋人つくったらいいと思う」

ルルのキューピッドらしい発言に、瑞生は噴き出した。

「行きに『ドライブデートもしたことない』とか話したから？　ワーカホリックは恋人に癒や

してもらったらいいよ、とかそういう話？」

「いいかんじのイケメン、ここにいるよ」

ルルはにこにこしながらニナを指さしている。

ニナは目を大きくして、瑞生は「ええっ」と声を上げた。

「相性いいよ。口下手で、てれやさんだけど。浮気しないし」

ニナが「ルルー……」と困り声を上げる。

見た目二歳児くらいの子どもの容姿なのに、人を紹介するセールスポイントのひとつが「浮気しないし」はどうかと思う。

「ルルはぼくらの性別を分かってなかったのかな？」

「オスとオス。でも天使はオスもメスも両性も関係ないよ」

「えっ、関係ないのっ？」

驚いて瑞生はニナを見た。ニナは控えめにうなずいている。

「えっ？　ちょっと待って。でも、オスとメスが交尾した結果、たまごができるんだよね？　で、なんかよく分かんない仕組みだけど、『キューピッドの木』の股からたまごが産まれるんじゃなかったっけ？」

出会った日、そんな説明を受けたと記憶していたが。

混乱気味の瑞生の問いに、ルルが得意げに答えてくれる。

「ふたりの『愛の種』で『キューピッドの木』にたまごができるんだって」

ニナに教えてもらったというルルの説明に、瑞生は絶句した。

「……愛の種？　精子と卵子じゃないの？　交尾関係ないの？」

ニナは「交尾したら飛び出す」なんて乱暴な説明をするから、瑞生は「と、飛び出すっ？」と目を瞬かせる。すると今度は、ルルが眸をくるんと大きくして言った。

「心にある、愛の種だよ」

「……つまり、性別に関係なく、愛の種があればキューピッドのたまごができちゃう……ってこと？」

瑞生の問いに今度はニナが応じる。

「でも百パーセントの確率でたまごができるわけじゃない」

「それに、天使は一生にひとりしか愛さないんだよ。そういう生き物なの」

ルルがつけ加えた言葉で、瑞生に衝撃が走った。

——じゃあ、ニナはこれから先、ほんとうにはもう誰も愛さないってこと？

心臓が痛いくらい、ずきんとしてしまった。頬がひきつり、うまく笑えない。顔のあちこちがこわばる。

「……え？　じゃあ天使の発情期は、愛がなくても愛があるフリができるってことじゃない？」

「ひとりしか愛さないっていうのはちょっと極端に言いすぎ。まったく愛せないってわけじゃない」

ニナのフォローを聞いても、「じゃあ、よかった」とは思えない。つまりこれから先、誰もニナの生涯でいちばんにはなれないことに変わりはない。

不特定多数とつがう天使もいるとニナが以前話していたが、そんな天使も、心から愛しているのはたったひとりということになる。もともとあっちにこっちに移り気な性格より、全員愛してると嘯くより、瑞生からしたらその心のほうが残酷な気がした。

――なんでこんなにショックなんだ。

「ニナは瑞生に超おすすめだよ。恋はキューピッドの手のひらの上にあるんだ。だからルルに任せて！」

「キューピッドの手のひらの上？」

ルルの話している意味がよく分からない。ニナに詳しい説明をお願いした。

「恋愛はキューピッドの気まぐれによるところ、キューピッドの思いどおりに恋がかなえられることもある……っていう意味」

自身の恋愛事情をルルに暴露されたニナは、やや複雑な表情を浮かべて、そう話してくれた。

「ルルが恋をかなえるキューピッドになるから、瑞生、待ってて」

ルルは瑞生に抱きつきながら、無垢な目で訴えてくる。

子どものルルは素直で悪気がない。

ニナが恋をした人は、今はもう傍にいない。でも今後、誰もニナのいちばんにはなれないということも分かっている。『それでもなおおすすめしたくなるくらいほんとうに最良物件』だと言いたいのかもしれないが。

瑞生は波立った気持ちはどうにか隠して、無邪気なルルに微笑んだ。

ニナが声を尖らせて「ルル、瑞生が困ってる」と窘めようとするものの、ルルは「ほんとだよ」と繰り返した。

――天使ってもっと清廉なイメージだったから？　なんだろ、このもやっと感。ニナにとってのいちばんにこの先もぜったいになれないですけどね、と前もって宣言されてるも同然だし。

さっきから胸のずきずきがとまらない。とまらないどころか、大きく深くなっていく。

いちばん愛した人とは結婚できなかったとしても深い絆でつながっている夫婦や、それと似た関係の恋人たちだっている。そこに愛がないわけじゃない。そういう愛のかたちだってあるってことは頭で理解できるけれど。

そのとき、瑞生たちの頭上で、星がひとつ流れた。

「あっ、流れ星！」

指をさすルルの声。燃えさかる星がすいっと消えた瞬間、心に浮かんだのは。

――ようするにぼくは、自分がいちばん愛されたがってるってだけなんじゃ……？

流星が消え、ふらりとニナのほうへ顔を向けると、ニナは星ではなく瑞生を見ていた。

飛翔練習のあとの露天風呂でだいぶ体力を消耗していたルルは、今はキングサイズのベッドですやすや眠っている。

今日は三人並んで、このベッドで寝る。一緒に寝るのはニナとルルがやってきた日以来だ。

――あのときはついうっかり、ぼくがニナのほうのふとんで寝ちゃったから。

横臥したニナと瑞生の間でルルは右に左にと転がって、俯せになった今は背中の羽がぴくぴくしている。

「ほんとかわいいなぁ。ルルがたまごから生まれたときのことを思い出して」瑞生はくすりと笑った。

瑞生が羽をなでるとルルは「ふにゃ、むにゃ」と何かを言いながらごろごろ動き回る。飛翔練習の夢でも見ているのかもしれない。最終的に頭と足の位置が逆さまになった。

「でも寝相はすごく悪い」

ニナは微笑んで、ルルのぷっくりしたふくらはぎを指でやわくつまんでいる。

ニナのやさしい目元を思わずじっと見つめた。子どもを愛する親の顔だ。

三人で流れ星を見て、最後に目が合ったとき、ニナの眸は星屑を映した深い湖面みたいにとても静かに、だけど熱く、雄弁に、瑞生に何かを語っていたような気がした。

――何か、は分からなかったけど……。

瑞生はもののけたちの姿は見えるのに、人の言葉しか聞く耳がなくて、ましてや心の声なんて聞こえない。

ニナのほうはもののけたちの声だけじゃなく、表情や息遣いでもその個体から湧き出た感情を解釈できてしまう。

――もしかして、ニナになんか伝わっちゃってる……？

自分の中でしっかりと整理も把握もできていないのに、降って湧いたような不可解な感情にちょっと驚いているというのに。

――前の相手のこと、ほんとうは訊きたいけど、訊かれるのやだろうし。

出会った当初、ニナから言いたくないとの意思を示されて、それについてふれないようにしてきた。

どんな相手だったのか想像もつかなかったし、ルルを育てる間は、その相手について知らなくてもなんの弊害もなかったけれど、さっきから気になってしかたなくなっている。

――もう……ルルが変なことばっかり言うからだ。

何かを打ち消すように目を伏せた。ちょっと前から、なんだか自分はおかしいのだ。ルルがいなくなることや、ニナが働き始めてふたりとの時間が減ったのを寂しいと思うのはしかたないとしても。

今度は、トリマーのすみれさんに牽制したことを思い出した。この小旅行は、あれがきっかけだ。

眠るルルを気遣っているのか、静かな声で名前を呼ばれて瑞生は目を上げた。

ニナと向かい合ったまま視線が絡む。一瞬で深く、搦め捕られたような心地がする。

「瑞生……」

「……瑞生、泣きそうな顔してる」

気遣うニナに、「そう？」と返したけれど、なぜだか眸が勝手に涙を浮かべた。

どんなにあがいても、ルルはあとひと月もすれば天界へ帰る。

ニナは着々とお金を貯めて、いずれ出て行く準備をしている。恋心を天界に置いてきた天使は意外にも薄情で、もう誰も深くは愛さない。ニナに瑞生への感謝の気持ちはあっても、瑞生が抱いているほどの想いはない。それを知ったからますますショックを受けている。

愛がある分、愛されなければ、虚しさを覚えてしまうものなんじゃないだろうか。だってそれでもいいと軽く言えるほど、強い人間じゃないし、案外自分が欲張りなのだと気付かされることが続いているのだ。

――あれっ……ぼく……、ニナに……恋してるんじゃない？

出会って一年。家族みたいに暮らして、情が湧くのは当然だと思っていた。でもさっきから瑞生が考えているのは家族に対する愛があるからではなく、恋愛感情ではないだろうか。

ニナが、瑞生の髪をくすぐるように梳いて、ゆるやかになでてくれた。

――うわっ……。ニナの、癒やしの手だ。

なぐさめられているというより、愛しいものにふれるみたいにされている。

ぶわりと、瑞生の胸に熱いものが広がった。とても甘くて、痛くて、苦しい。そんな複雑な情動を、もしかすると生まれてはじめて感じているのかもしれない。

まだ不確かな感情が飛沫を上げる。

そのとき、なんともいえない甘美なにおいを嗅ぎ取った気がして、瑞生はすんと鼻を鳴らした。

思わず目を閉じ、さらに深く、鼻腔を通して呼吸する。

外からだろうか。キンモクセイが花を咲かせる季節に、こんなふうに、ふっと、風にのって香りがよぎるが、それに似ている。

「なんか……いいにおい、する……」

どこからだろう。少し頭がぼんやりしてきたのは、眠気のせいだろうか。土曜日だったから一日忙しく働いて、千葉まで慣れない運転などしたことだし。

まるで自分の身体が蜜にでもなったように、とろんとした心地。

ニナに吐息でそっと「瑞生」と呼ばれて、瑞生はまぶたをゆっくりと上げた。

ニナの顔、近い――そう思ったとき、くちびるに柔らかな感触を受け、心臓がどくっと大きく軋む。

ニナにキスされていることに気付くのと同時に、甘いにおいが少し濃くなった。

愛を感じるやさしいキスだ。

「……ん……」

くちびるをくすぐられ、軽く食まれて、瑞生は目を瞑った。

あんまり気持ちよくて。抵抗とか拒否なんてものが、この世から消えたみたいに、キスを享受することしか頭にない。

上くちびるをちゅうっと吸われたら、まるでいつもそうしているように口を開いてしまう。

「……ん、ふぅ……」

くちびるの内側の粘膜をニナに舌でなぞられて、瑞生は胸を大きく上下させた。

呼吸が速くなる。歯茎の隙間に舌が滑り込んだだけで背筋が震え、瑞生は思わず手を伸ばして何かを掴んだ。

――ニナ……。

ニナの腕だ。縋るみたいにぎゅっと掴むと、ニナにゆっくりと身体を引き寄せられる。

ニナがもののけたちにマッサージを施すのを横目で見るたび、ぼくもさわられたいな、とずっと密かに思っていた。そのニナの手指が、瑞生の身体をやさしい強さで抱擁してくれる。

ニナにふれられたところが、ふにゃりと弛緩してしまうくらい気持ちいい。

くちづけあう間も、あのよく分からない、いいにおいが辺りに漂っている。

「……はぁっ……、ん……」

息を吸うタイミングで、ニナの舌が深く瑞生の中に入ってきた。

「……ふ、う……」

「ん……」

舌下も、頬の内側にも、ニナの舌先は最初遠慮がちにつついて、抵抗がないと知ると大胆にざらりとなでてくる。

深く浸食され、頭の芯までとろとろに溶かされるよう。

舌の表面がこすれあう。そのまま縒（よ）れて絡み、歯でくすぐられる。

耳朶（じだ）や耳孔（じこう）をまさぐり、髪をなでてくれるニナの指。抱き寄せてくる腕。におい。ぜんぶが。

――すごい……気持ちいい……。

腰が痺（しび）れ、胸が大きく上下して、瑞生はぎゅっとニナの腕を掴んだ。

抗（あらが）いようのないほどの波に呑まれそうになり、自分の中でどんどん膨らんでくる欲求がそのとき突然、大きな恐怖心に変わった。

「……ニ……ニナ……！」

ぐっとニナの胸を押して、搦め捕られていた腕とキスをとく。

肩で息をして、混乱の中でニナを窺った。

ニナのくちびるが唾液で濡れている。それが薄暗い中で鈍く光っているのを見た。

——あ、……あれっ？　なんで、ニナとキス、してた？

キスしたいとも、しようとも言っていない、お互いに。

つきあっていない人と、いきなりこんな激しいキスをするなんて、自分のことが自分で信じられない。雰囲気に流されてとか、今まで一度だって経験はない。

驚きもあらわに唖然としていたら、ニナが起き上がって「ごめん」と短く告げ、瑞生に背中を向けたままベッドを下りた。

階段を下りていく足音を耳で追いかけるだけで、瑞生は動くことができない。

信じられない心地で、自分のくちびるにふれてみた。口の端もふたり分の唾液でしっとりと濡れている。

今更のように心臓が驚くほど早鐘を打ち、その胸を手のひらで押さえて、瑞生はそろりと身を起こした。

ルルは頭を逆に向けた状態ですやすや眠っている。そういえばキスの間、ここがどこなのかも、ルルのことも頭になかった。

ベッドに座り、瑞生はため息をついた。

——キスに……夢中だった。

押し返してしまったけれど、いやだったわけじゃない。

——びっくりして。だって、こんなのびっくりするに決まってる。

今日まで家族みたいな関係だった。

ニナは流刑の天使。キューピッドのルルのパパ。瑞生の恋人ではない。

相手の想いを確認したこともなく、自分の好意だって定かじゃないのに。そしてどちらも男同士だ。同性との恋愛を否定もしないし嫌悪もないが、自分にとって当たり前だとは思ってこなかった。瑞生の二十八年は、そういう人生だった。

——キスって、もともとそんな好きじゃないんだけどな。

軽くふれあうくらいのならまだいいけど、奥にしまっていた快感を引き摺(ず)り出されるみたいな、あんな深いキス。瑞生はこれまでの人生で、ほんとうには愛情表現というものを知らなかったのではと、気付かされた気分だった。

——あれが普通なの？　自分は人並みだと思ってたけど。なんか負かされた気分っていうか、思い知らされたっていうか……。

だいぶ年下の男。ふだんは口数が少なくて、無理に自分の考えや感情を押しつけたりしない男だ。

——キスだけであんなふにゃふにゃにさせられてさ。天使の唾液に催淫(さいいん)作用とかあるんじゃないかな。

あのとき漂っていた、におい。なんの花にも似ていない、知らない香りだった。頭の奥が白く霞むような、甘い香り。

――ニナに発情期が来たとか？　あのにおい、もしかしてフェロモン？

残り香は、もうほとんど消えている。

去り際に、ニナは「ごめん」と謝っていた。

ニナはそんなつもりはなくても、うっかり見つめ合ったせいで発情のスイッチが入ってしまったのかもしれない。

人に飼われている鳥は、きらきらするものやとまり木が揺れるのを見ただけで発情することがある。その際、相手がメスだとかオスだとか、いっそ鳥か人間なのかすら関係なくなるのだ。動物の発情というのはそういう些細な刺激と、衝動によって突然引き起こされたりするもの。

「ぼくがそれに誘発されてる場合じゃないだろ」

ニナのことを好意的に思っているから自制できずに引っ張られてしまっただけ、とひとまず適当に理由をつけ、あと回しにする。

瑞生はベッドから下り、ニナを追いかけた。だって強く拒絶するようなまねをしてしまったのだ。だいじょうぶ、怒ってないよと、早く伝えなければ。

ニナは芝生に面したデッキに仰向けで寝転んでいた。

間を置かず、ニナの隣に腰を下ろす。

「ニナ、発情期が来てるんじゃない？」

瑞生の問いに、ニナは星空を見上げたまま無言だ。

「ルルがもうすぐ独り立ちするし、安心感で、これまであった緊張が解放されたのかも」

ルルが空を翔んだ。しっかりと羽ばたいて、上手に着地できた。あと何度か飛翔練習をすれば、もっとスムーズに翔べるようになると、今日ニナが話していた。

弓矢の練習はずっと部屋でしていたし、次は翔びながら射る練習が必要だけど、あとひと月、がんばればだいじょうぶだとも。

ニナがむくりと身を起こして、膝を抱えて座った。そっと覗くと、顔を顰めている。

「……ごめん」

そんなつもりなかった――ニナが言いたいのはそういうことだろうと思う。

発情して多少自分をコントロールできなくなるのはしかたない。だが、瑞生がニナを押し返してしまったあとすぐ、こうして冷静になっている。ニナが以前話していたように、理性的だ。

「謝んなくていいよ。だいじょうぶ。ここにいたら身体が冷える。部屋でなんかあったかいものでも飲もう」

ニナがうなずくまで待って、瑞生は立ち上がった。

安眠効果があるハーブティーをニナと飲み、「あしたは早起きしてツリーハウスに登ってみよう」なんて話してベッドへ戻って、ルルを真ん中に川の字に並んだ。

ベッドに横になって目を閉じると、ニナとのキスを思い出す。

しかし瑞生は自分を無視することにした。

寝て、目が覚めたらふたりの間にはルルもいて、きっといつもどおりだ。

虫の声も聞こえない。静寂で逆に眠れそうにない――と思ったとき、ふっ……と、あの甘い花のような香りが鼻先を掠(かす)めた。気のせい、と思うほどの薄い残り香。

身体が重たくなる。ベッドにずぶずぶと沈んでいきそうなほど。

頭のほうから、深くて暗いところに、ゆっくりと、落ちていく……。

このまま眠るんだろうなという、肉体と精神が乖離(かいり)して客観視するような奇妙な感覚がある。一方で、目覚めなければと焦る意識もあって、なのに泥酔しているみたいにまぶたが上がらない――そんなふうに戸惑っていると、首筋に風が当たった心地がした。

今度は羽でくすぐられるような感触。ルルの羽かもしれない。

「瑞生……瑞生……」

夢なのか、現実なのか。遠くでニナに呼ばれている。

声に意識を引っ張られて瑞生が懸命にまぶたを上げると、ニナのシェリーカラーの眸がこちらを見下ろしていた。

ニナは瑞生の顔を挟むかたちで両手をついている。あの芳香をはっきりと感じる。

「……ニナ……？」

なんだか、変だ。

ニナの背中にちらりと羽が見え、腰の辺りから覆うように広がっている。

「……ニナ……羽が……」

「ん？」

甘い声で問い返されて、どきりとする。

――ニナ、なんで裸なんだろ。

茫然としていたら、ニナの指が瑞生の肩にふれた。そこから胸まですするりとすべるのを肌の感覚で追う。その指先は、乳首に引っかかってとまった。

「……え？」

なぜだか自分も服を着ていない。やっとそこで気付いた。下半身も、剥き出しだ。ニナも全裸になっている。

状況がちゃんと把握できない。瑞生は戸惑いながら自分たちの下肢に目を凝らした。

瑞生の脚は大きく左右に割り広げられていて、ニナが腰を押しつけてのしかかるように覆い被さっていたのだ。

――……ニナと、重なってる？　つながってる？

「え？　何……」

「瑞生」

ニナの顔がみるみる近付いてきて、思わずぎゅっと目を瞑ったらキスをされた。

身体が動かない。あのにおいに頭が痺れて、ぼんやりしてしまう。

——ニナの、キス。

くちびるをやさしく食むようにされて、ニナとのキスが気持ちよかったことを覚えてしまった身体が、瑞生の戸惑いを無視して勝手にそれを許してしまう。

上くちびるを舐められ、歯列をぞろりとなでられる。愛撫のキスだ。

またしてほしい、もっとしてほしい——キスを受け入れたくて、瑞生は口を開いた。

ニナの舌に内側をまさぐられる。舌で掻き回され、唾液が混ざり合うかんじ。

舌を吸うと甘い蜜の味がして、瑞生は「もっと」と両手を伸ばした。ニナも抱きしめてくれる。互いに抱きあって、舌をこすりあわせた。

——やっぱり、気持ちいい……。

頭の中に蜜を流し込まれ、シロップ漬けになってしまったみたい。

そのとき、下半身がぐっと押し上げられる感覚で思い出した。

さっき、互いの身体がつながっているように見えたのだ。

ふいに太い塊がずるりと身体の中を後退するのを感じて、瑞生は瞠目した。

「えっ、えっ？」

「瑞生、だいじょうぶ。痛くしないから」

ニナは何を言っているのだろう？

瑞生は訳も分からずに、首を擡げて下肢をじっと凝視した。羽で覆われ、光が遮られているせいで、いったいそこがどうなっているのか見えにくい。

「……え、やっ……」

不可解さが怖くて身じろいだ弾みで、ニナのペニスが瑞生の中から飛び出したから、息を呑んで驚いた。

すごく興奮しているのが分かるかたちだ。雄々しいそれは濡れそぼってぬらぬらと光り、はっきりと屹立している。

「ニ、ニナ」

「抜けた」

両脚をぐっと広げられ、一度抜けてしまったところに再びニナの尖端をあてがわれて。

「えっ、そこっ」

ぼんやりした頭でやっと理解した。

――セ、セックスしてる……！

ぐっと押し挿れられる感覚に瑞生が短い悲鳴を上げ、茫然とニナを見上げる。

「びっくりしてるだけで、痛く、ないでしょ……？」

「あっ」

ニナの硬く勃起したものが、遠慮することなく瑞生の中に入ってきた。

「ああっ、やっ……！」

全部引き抜いて、また押し込まれる。何度も。

――何、これ……。

狭い窄まりを掻き回しては、抜いて、尖端だけ潜り込ませ、そのすぐ内側の辺りをこすられる。雁首の出っ張りが縁のところで抵抗するように引っかかり、抜かれる瞬間に後孔がきゅんとする。

「……あ、うんぅっ」

襞を捲り上げるようなその動きに、腰がびくびくと跳ねた。

勝手に声が出てしまう。とまらない。細かく背筋が震えて、甘く痺れている。

アナルセックスなんてしたことない。

なのに、そんなところを太いペニスで抜き挿しされて。

――なんでっ？

気持ちいいのだ。その証拠に、瑞生のペニスもはっきりと勃ち上がり、鈴口から透明の蜜をとろんと垂らすのが見えた。

「あっ……あぁ……あっ！」

「ほら、だいじょうぶ……こんなふうに挿れられても、痛くないよね」

ぶちゅうっ、と音が響くほど深く。なのに、痛くない。

「やあっ、いやっ」

「急に深くされるの、まだいや？　こわい？」

「こわ、い……う……やだ……」

子どもに言うようにやさしく問われて、それに対する自分の答え方も、こんな声出したことないというくらい甘えていて、信じられなくて、耳まで熱くなる。恥ずかしくて死にそうだ。

いや、と歪んだ顔を覆うと、ニナが宥めるようなキスをいっぱいくれる。キスをされながら腰を遣われて、瑞生は半泣きで熱い呼気を漏らした。

「ごめん……ゆっくりするから」

やだと言っても、やめてはくれない。瑞生自身も、この行為ぜんぶをやめてほしいとは思っていなかった。

――だって……これ、気持ちいい……！

ピストンされるたびに、接合したところからぐちゅぐちゅと卑猥(ひわい)な音がする。

そこがそんなに濡れるわけがないのに。ぬるぬるして、あの甘いにおいが強く漂う。性交用のローションみたいなものなのか、それともニナのものだろうか。

「中……何、……これ、何？」

「俺の分泌液だよ。瑞生が痛くないように……」

説明は不充分なのに、もうそんなことがどうでもよくなるほど、粘膜がこすれるときに溢れてくる快感で、瑞生はふわふわとした心地になった。

どうして。なんでこんなことになってるのか。訳が分からない。

分からないのに、気持ちいい。すごく、気持ちいい。

「……はぁっ、あっ……きもちぃ……」

「入り口のとこならいい？　好き？」

何かに襞をひっかかれるかんじがする。それがいい。気持ちいい。

「それっ……あ、……あぁっ」

「これ、好き？　よくなってきた？」

「んっ……うんっ……」

なぜも、だめも、すっかり消え失せて、瑞生は懸命にうなずいた。

抜き挿しのたびに快感が強くなってくる。酸素がいっぱい必要で、短い呼吸を繰り返す。

ひたすらに同じ箇所をこすられ、だけどちょっとものたりなくなってきて、「そこ……もっと」と訴えると、ニナがスピードを上げた。

「あ、んっ……あっ、ニナっ、のっ……」

「うん？」

ニナの嵩高い部分が強くあたる。こすれる。その掻き回されているところが、すごくいい。

感じていることを伝えたいのに、言葉にならない。頭の中までぐちゃぐちゃにされる。

「あぁっ……はぁっ、はぁっ……あっ……ニナぁ……」

「俺も、気持ちいい……」

耳朶や首筋を吸われて、胸の小さな突起を抓んで揺らされると、ニナのペニスのかたちをとてもはっきりと感じる。つながったところから湧く快感が濃厚になる。

「ん……中、……すごい、締まる……」

そう言われ、瑞生は目を開けてニナを見上げた。ニナは薄く口を開いて、夢中で快感を味わっているような恍惚とした顔で、瑞生の上で懸命に腰を振っている。

見たことのない表情を、かわいい、と思った。自分の身体で、セックスで、そんなふうに気持ちよくてたまらない顔をさらけ出して、一心に快感を求める姿を見せられたら。

「ニ、ナ……」

ふたりのつながりは、まだ浅いところまで。そこもすごくいいけれど、もっと深いところでニナを受けとめたくなった。

「ニナ……もっと、きて……」

「瑞生」

眸に少し戸惑う色を見せるニナを、手と、脚も使って引き寄せる。腰を浮かせて、ニナがいちばん奥まで挿れやすいように動いた。

「みず……瑞生……」

いいから。もっと深くしてほしい。もっと気持ちよくなれそうな気がするのだ。

経験したこともないのに、ニナがよくしてくれると絶対的に信じている。

「……あっ……きて、いいから、奥に、もっと……」

腕に縋って、ニナを引き寄せた。

ニナが腰をさらに落として、隘路(あいろ)を分け入ってくる。瑞生の後孔もまるでニナのペニスを呑むように誘引した。

「――っ……！」

先端で最奥(さいおう)を押される感覚で、いちばん深いところでつながったことを知る。

「瑞生……」

頭の天辺から溶けるような愉悦に浸って、瑞生はのどを仰け反らせた。

奥壁をぐっぐっと押されると息がとまるほどいい。呼吸を忘れてしまいそう。

「瑞生……」

いつのまにか瞑っていたまぶたを上げると、ニナがひたいを瑞生のひたいにこすりつけてきて、うれしそうにはにかんでいる。

いとしい。いとしくて、瑞生はくちびるをニナのくちびるに押しつけた。

ニナの舌に口内を掻き回されながら、後孔も同じようにされる。

「……ニ、ナぁ……」

もっともっととねだるみたいにニナのペニスに襞が絡みついて、収斂するのが分かった。

自分の身体がこんなふうになるなんて、知らない。

「瑞生の、奥が……絡んできて」

「んぅっ、言わないで」

「だって……すごいんだよ」

ぎゅっと抱きあう。ぴったりと重なりあい、最奥を攻められて全身が歓喜する。

「ほら、奥、すごいの、瑞生も分かる？」

「あぁっ、ああっん、んっ」

溶けそうなくらい気持ちいいのに、すごくいいのに、ニナが動きをとめる。

だから瑞生は少し恨めしく思って「ニナぁっ」と責めた。

「瑞生、じゃあうしろむいて。もっとよくして、イかせてあげる」

「もっと……？」

「瑞生の愛の種が欲しい。出させて。俺も出すから」

愛の種は、子どもができるやつだ。たしか、そんなふうに説明された。

しかし、愛の種というのは、どういうものなんだろう。

「……精液？」

ニナは「それとはちがう」と少し笑う。

話しているうちに、身体をひっくり返されて、力が入らずぺたんと俯せになったところに、背後からニナにのしかかられていた。

ぐっと尻を押し上げるようにして掴まれ、あわいにニナのペニスを再びあてがわれる。さっきまでそれを受け入れていたところに、硬茎を沈み込まされた。何度挿れられても、新しい快感を教えられているみたいに感じて、腰ががくがくと震える。

ニナが瑞生のうなじをざらりと舐め、甘噛みしてきた。一瞬そこが熱くなるのに背筋はぞわっとして、つながったところがダイレクトにきゅんと締まる。

「や……何……」

後頭部の髪をうなじから手でかき上げるようにしてやさしく掴まれ、あらわになった頸部（けいぶ）を吸ったり食まれたりされている。その最中に大きく深く抽挿（ちゅうそう）されるとあちこちが粟立つほど感じて、瑞生は声を抑えることもできずに喘いだ。頭部と頸椎（けいつい）の境目辺りを舐めて歯を立てられたときに、ひどく快感が増幅して、鈴口から熱いものが溢れるかんじがする。

「そ、こっ……なんで……？」

「うなじのとこ、あんまり噛むと失神しちゃうくらいよくなるから……」

天使の力なのか、そこから何かを染み込まされているのかよく分からないけれど、そうされると全身の力が抜けてしまいそうになる。

「あっ、あぁっ、なん、かっ……こっ、交尾みたい」

鳥類の交尾を彷彿（ほうふつ）とさせる。ふたりの行為を、羽を少し広げて覆い隠すしぐさも。今は瑞生の脚に羽がふれている。それさえも気持ちいい。

「交尾だよ」

うなじをやさしく食まれながら、腰をぐいぐいと突き上げられる。

「ああっ、……やっ……ニナぁ……」

噛まれたり吸われたりしているところから、頭の芯まで痺れるような、だんだん深い酩酊（めいてい）状態になって、うわごとみたいにニナの名を呼んだ。

突かれる衝撃でずり上がらないように肩や頭を押さえられ、ニナのもので身体の奥までぐちゃぐちゃにされる。やさしいけど激しい。背後から揺すられると、ペニスがシーツにこすりつけられて、その刺激も瑞生を乱れさせた。

「瑞生、気持ちいい？」

甘いにおいにむせかえる部屋は、目を開けてもシーツの波が映るだけ。思考を放棄し、もう声も出せず、必死にうなずくことしかできない。

瑞生は強すぎる快感に震え、何度も意識を飛ばしそうになった。

「腰、少し上げられる？　瑞生も、俺にこすりつけるみたいに腰振って。気持ちよくして」

そんなこと言われても無理、と思うのに、ぐにゃぐにゃにとろけた腰を抱え上げられる。

「あぁ……やぁっ……んぅ」

ぐずぐずと鼻を鳴らしても、ニナはお構いなしに腰を振りたくってくる。

交わりの角度が変わり、深くなった。うなじを甘く吸われ、噛まれ、どろどろの瑞生のペニスをニナに背後から扱かれて、硬い先端を最奥に嵌められたまま揺さ振られる。全身が崩されていくような、感じたことのないほどの悦楽だ。

「うう、あぁ、あうっ……」

許容を超えた快感に泣きじゃくりながら、瑞生はほとんど無意識に腰を揺らしていた。ニナも息を荒くして、瑞生を背後からぎゅっときつく抱きしめてくる。

「……瑞生っ……好き。瑞生だけ、愛してる」

それまでと違う、脳を震蕩させるほどの激しい抽挿。

何も考えられない。ニナの手から溢れるほどたっぷり射精し、深い快感に耽溺する。

蹂躙が続き、どれくらいかたって、中にあるニナのペニスが、どくっどくっと脈打った。

身体の奥に吐精されたのが分かって、瑞生は腰を震わせた。そこは悦びもあらわに収縮し、ニナの愛を染み込まされた感覚に陶然となる。

——中で出されて……うれしいなんて。

はじめての経験なのに。こんなにしあわせを感じている。

――そういえば……愛の種って、どうなったんだろう。

指一本動かせないほどの余韻の中、ニナが「瑞生と俺の愛の種が、登ってく」と瑞生を抱きしめたまま囁いた。

見たいけど、もう目が開かない。だから瑞生は、たんぽぽの綿毛みたいなかたちのものが、空に向かってふわふわと飛んで行くのを想像した。

痺れるほどの多幸感の中、瑞生はついに意識を手放した。


はっと目が覚めた直後、瑞生の胸はどくどくと早鐘を打っていた。

――今の……夢？

それとも現実なのか。

胸の辺りに手を置くと、ちゃんと衣服を身に着けているのが分かってほっとする。しかし恐ろしいことに、下着が湿っているのに気がついた。

じっと薄闇の中を窺う。ニナとルルと三人で宿泊しているグランピング施設のベッドの上だ。

おそるおそる右に視線を向ける。

横臥で眠っているニナと、ニナに抱きつくようにしているルルがいた。

ふたりの寝顔を見ても、胸の鼓動は治まらない。

――夢だ。あれは夢だ。夢に決まってる。

しかしあれがたとえ夢だろうと、下着を濡らした事実がある。それに打ちのめされて、罪悪感でいっぱいになる。

瑞生は息をひそめ、そっとベッドから下りて、一階へ向かった。

時刻は午前五時。

茫然としている場合じゃない。

シャワーを浴びて汚した下着を洗い、さすがに乾燥機はないのでドライヤーで乾かした。

――夢精とかいつ以来だよ……。心折れるわー……。

ぐったりした気分で鏡を覗いて首を確認したけれど、そこには何も残っていなかった。

二度寝なんてできそうにないから、そのままキッチンに立ち、電気ケトルで湯を沸かす。ドリッパーに湯を注ぎ、コーヒー豆が蒸らされてマグカップに落ちていくのを待つ間に、頭を整理することにした。

眠りが浅かったのか、いくつも夢を見た。まるで断片的に散らばった記憶の動画データを適当に再生しては、途切れ、また新しい映像が始まるような、そんな不思議な感覚の夢だった。

なのに奇妙なくらいあの部分だけ、生々しくはっきりと覚えている。

自分の身体の中にニナの体液が残されている気さえするほど強烈によみがえる——ニナとのセックスの場面だ。

——きっときのう、ニナとキスしたからだ。

いきすぎた妄想なのか。願望で見た夢かもしれない。

捏造された夢である証拠に、ニナとルルから見聞きしたことを、強引につぎはぎしたような内容だった。愛の種の辺りなど、もろにそうだ。けっきょく愛の種とはなんなのか、はっきりと見えなかったことからもそれが窺える。

——でももし、ああいう行為が、ぼくの願望……だったら……。

あんなふうにぐちゃぐちゃになるほどニナに抱かれたいと思っているのだろうか。

経験もないのに、まるであの快楽をすでに知っているかのようなリアルさだった。

されたことを少しでも頭で反芻すればぞわっと腰の辺りが疼き、昂りそうになる。どきどきする。たまらなくなり、瑞生はそれを打ち消すつもりでかぶりを振った。

夢の中でニナに「瑞生だけ、愛してる」と囁かれて、うれしがって、絶頂したなんて。

——天使は一生にひとりしか愛さないって聞いたせいだ。なのに夢の中で「瑞生だけ」って言われて、死ぬほどうれしかったんだ。

天使はひとりしか愛さないのだと聞かされたとき、すごくショックだった。

『天使』に対して持っていた清廉なイメージを壊されたとか、そんな人だったのかと信頼を裏切られたせいだとか、そういうことじゃない。

自分がニナに愛されたかったから。もうそれはかなわないと知らされたからだ。

瑞生はマグカップを持ってデッキへ移動し、苦いコーヒーを飲んだ。

空にうっすらと広がりだした朝焼けを眺めながら、ひとり、力なくため息をつく。

好きじゃなければ、あんな夢を見て、こんなふうにどきどきなんてしない。

——ニナに対して抱いているのがたんなる親愛じゃなく恋愛感情なのか、きのうまでは確信が持てなかったけど……。

夢の中でニナに抱かれて、悦びの感覚だけは残っている。たった今も、嫌悪感は微塵もなくて、もしほんとうにニナにあんなふうにされたらきっと、夢の中と同じように自分は応えるだろうと思う。

「……好き、なのか……ぼくは」

ニナのことを。友だちなんかじゃなく。家族ごっこの延長じゃなく。ただ獣医師として保護しているだけでもなくて。

もうずっと前から、そうだった気もするし、ニナが外で働き始めた辺りから、ニナに対して特別な感情をうっすら自覚していた気もする。

ニナの過去の恋愛について瑞生がこだわりを捨てるのは、きっと思っているほど難しくない。

だって、ニナの相手は地上にいないのだ。もうニナを天界へ帰さなければいいだけのこと。

――地上でいちばん愛される存在になったらいいんだ。そうだ。それでいい。

そうやって自分の気持ちに折り合いをつけて強引に納得させてでも、ニナに愛されたい。ニナに愛されるなら、それがいい。

「なんだよぼく……恋愛に対してこんなにポジティブな考え方だったっけ？」

それはポジティブじゃなくて、ただのばかだ、色ボケだと言われるかもしれないけれど。

驚きの結論を出そうとしている自分に、自分でもびっくりしている。

ちがう。

人は変わるのだ。恋をしたら、思いも寄らない行動をして、それに自分が驚いたりする。以前はあり得ないと思っていたことも、あり、になったりする。価値観を変えられてしまうほどの恋を、瑞生はしてしまったのだ。

「あぁ……まじか……」

ついに自覚した自分の恋心を、しかしこのあとどうしたらいいのか分からない。

今後についてはひとまず置いておいて、瑞生は見ていた夢について再び思いを巡らせた。

夢の中のニナには羽があった。ニナの羽を実際に見たことはないのに、羽にふれた感触、風切羽から受ける風も肌で感じたのだ。

夢は断片的で、記憶の欠片がフラッシュバックのように見えたりもした。もののけ猫のカブとニナが何か話していたりなど、現在の羽のないニナと混同しているかんじの内容だった。

倒れているニナに瑞生が声をかける場面もあった。夢の中で瑞生は、汚れた羽を持つ天使を川縁で見つけたのだ。天使は羽が汚れているだけじゃなく、ケガを負っていた。

倒れていたニナを助けたのは根津神社の参道だったのだから、事実とは符合しない。

――左の風切羽の辺りにべっとり付着してたものって……重油？

タンカーの座礁事故で原油が海に流出し、海水に漂う油によって海鳥が命の危険に曝される……そんな場面はテレビで見たことがある。あの黒い油によく似ていたのだ。

ふと気になって、スマホをポケットから取り出し、『川　重油流出　東京都』で検索する。近年、都内で油流出の事故がなかったかを調べようと考えたのだ。

東京都内での『油類及び有害液体物質による汚染事故』に関するまとめのPDFを見つけた。

化学物質等による汚染の事例が続く中、一件だけ報告が上がっている。

「おととしの秋……荒川……近くの工場からA重油流出事故……」

ニュースになっていたのは覚えているが、それ以上のことは記憶にない。瑞生の日常を素通りするような出来事だったからだ。獣医師として、小動物が被害に遭ったという報告も聞いたことがない。

「ん～……なんもつながらないな……今となってはあれが汚れた羽の天使だったのか鳥だったのかすら……ぼくの思い込みかもだし……」

夢の中では、こちらが「もっとちゃんと知りたい」と念じても、肝心なところが霞んだり、黒く塗りつぶされたり、聞こえなかったりする。瑞生が見た夢は、まさにそんな茫洋(ほうよう)としたものだった。

「えっちなとこだけ夢の内容をばっちり覚えてんのはなんなの……」

恥ずかしさがマックスになり、瑞生は両手で顔を覆った。こんないやらしい記憶、消せたらいいのに。このままでは、ふたりが起きてきても、普通にできる自信がない。

——いや……自信ないとかごねてる場合じゃない。今はルルの独り立ちのことを何よりもいちばんに、ちゃんと考えてあげないと。

もうすぐ巣立つルルが傍にいる状態で、ニナとのことだけに気を取られている場合じゃないのだ。

瑞生はひとり静かに、ゆっくりと夜が明けていくのを待っていた。

6．罪人天使

千葉のグランピング施設での飛翔練習旅行の翌週から二週連続で、神奈川にある『一日一組限定のプライベート邸宅』に宿泊して特訓した。邸宅の周辺は森になっており、目の前は海だ。猛特訓のおかげもあり、ルルはめきめき上達している。

「かわいい顔してびしばし的を射抜くんだからさぁ。連続三回、ど真ん中ってすごい！　ルル、流鏑馬（やぶさめ）に出れるよ。天才！」

羽をぱたぱたさせて得意げな顔のルルの頭をなでると、両手を瑞生に向かってのばしてくる。

「え？　抱っこ？　も～しょうがないなぁ」

身長八十センチの乳児体形だけど、小学校高学年と話しているくらいのお喋りの感覚だから、もう抱っこは必要ないのかと思っていた。

ニナは少し離れた砂地に置いた的を片付けている。

よいしょと抱き上げるとルルは瑞生の首元にぎゅっと腕を回してきた。

「みず、大好き」

不意打ちで、ちょっと泣きそうになる。だからルルをむぎゅむぎゅと抱きしめて「ぼくも、ルルが大好きだよっ」とあえて明るく返した。

「みず、お仕事が忙しいのに、毎週ルルのためにごめんね」

「え？　謝らなくていいよ。旅行気分ですごく楽しいし、もっと早く、こういう時間つくったらよかったなーって思ったくらいで」

ルルにじっと見つめられたら、涙目がバレてしまう。

「みずのことも、ルルのパパだよって、言っていい？」

「わりとそのつもりでいたんだけど」

「つもりじゃなくて、パパだよ」

ふと、数週間前に見た夢を思い出した。

夢で見たように、たんぽぽみたいな愛の種を、ニナと自分が飛ばしたのだろうか。

ニナと同じシェリーカラーの眸が、何かを強く訴えるように、きらきらしている。

「……ルル……」

ルルはにこっと笑って、再び瑞生の首筋にぎゅっとしてきた。

「みずもルルのパパね！　決まりだよ。ぜったいだよ」

「うん。決まり」

みずもルルのパパ――心の底からほんとうにそれでいいと思った。

土日の特訓が終わって東京へ戻ったら、翌日から平日が始まる。

楽しかった時間が名残惜しくて、瑞生は撮りためたスマホの写真や動画をにまにましながらいつまでも眺めてしまう。

海辺でバーベキューをしたり、特訓ばかりじゃなくて三人で遊んだり。砂浜には貝殻がたくさん落ちていて、誰がいちばん綺麗なのを拾ってくるか競争して、ルルは海で拾った貝殻で飾りつけたサンキャッチャーを瑞生にプレゼントしてくれた。貝殻に陽があたると光が乱反射して綺麗だ。

「ルル、二分で寝た」

ニナが寝室から出てきた。

「もうお風呂のときから眠そうだったもんな。子どもが眠いの我慢して、頭ぐらぐらさせてんの、ほんとかわいい」

ルルの寝顔の写真もたくさん。後部座席のチャイルドシートで口をぽかんと開けて爆睡してるのや、くるんと丸まった寝姿、口角からよだれがたらーんとたれていても、ルルはかわいい。

ルルとニナの思い出でいっぱいのスマホを眺めていたら、ニナが「瑞生」と何かあったとしか思えない顔で、瑞生が座っているソファーの足もとに腰を下ろした。

「……どうした？」

瑞生が訊ねると、ニナは深刻な顔で少し俯く。だから瑞生はニナの腕を掴んで「こっち」とソファーに並んで座るように促した。

いやなどきどきで胸が軋む。ニナはソファーに腰掛けると、ややあって話し出した。

「じつは……バイト、しばらく休んでほしいって言われて」

「え？」

「だから、あしたはバイト行かない」

このところルルに構いっぱなしだったのでルルに関することか、ニナの今後についての相談かもしれないと思っていたが、予想外の内容だった。

「え……なんで？　惣菜店のバイトで、なんかあった？」

「…………」

「話して、ニナ」

何か大きな失敗でもしたのだろうか。深刻そうな顔をしているし、休むことをニナが望んだわけじゃないのは明らかだ。

「しばらく休んでほしい」というのも気になる。それはつまり「辞めてほしい」と同義だ。

あの店の人は「ニナが店に立つようになってから、ものすごくお客さんが増えた」と喜んでいたし、ルルにクリスマスプレゼントやお年玉をくれたりと、関係は良好に見えていたのに。

ニナは瑞生に促されて、訥々と話しだした。

「商店街組合に、投書があったらしくて」

「投書……どんな？」

「『惣菜店で働くニナという男はヤクザだ、あの店はヤクザを雇ってる』って」

「ヤクザ？　何それ、どこから出てきた話だよ。投書っていつ頃のこと？」

ただ事じゃない話に、瑞生は声と表情を硬くした。

「千葉旅行のあとだったと思う。商店街組合の人から、すぐにケンスケさんの耳に入って……、投書の内容が事実かどうか訊かれた」

「もちろん、違うって答えたんだよな？」

「ヤクザになったこともないって答えた」

天使だったのだから、そもそも地上にいなかったわけだが。

「信じてもらえなかったの？」

「そのときはケンスケさんも、『ここんところ繁昌してるから、妬まれたんだろ』って笑って一蹴してくれたんだけど……そのあとも商店街組合のほうに何度か同じ内容の投書が続いて」

「え？」

「金曜には『背中に抗争のとき負った大きな傷がふたつあるぞ、確かめてみろ』って投書が。

嘘を嘘だって証明するのは、難しいね……」

　ニナの表情に、諦めの色が滲んでいる。

　瑞生とルル以外に、ニナの背中の傷を知る人はいないはずだ。

　瑞生は眉を顰めた。

「……背中の傷、見せろって言われたの？　ケンスケさんに？」

「そんな話嘘だって、証明してやるからって。ケンスケさんは、ほんとうにそう考えて見せなかったら、見せられないものがあるからだと思われる。

「抗争とか、そういうことじゃないって、言ってはみたけど……。どうやってついた傷か、真実を話しても信じてもらえないだろうし。弁解も、うまい嘘もつけなくて」

「嘘の投書のほうが、信憑性あるって思われたのか……」

　しかし、ニナの背中に大きな傷がふたつある、ということを、投書の送り主はどうやって知ったのだろうか。

　惣菜店に直接じゃなく、商店街組合に送るところが陰湿だ。聞いているだけでむかむかしてくる。

「ひどいな……根も葉もない噂なのに」

「客商売だから、しかたないと思う。けっこう噂が広がってるみたいだったし。惣菜店だけじゃなく、商店街全体に迷惑かけてしまう」

「最終的に、惣菜店のほうにも、誤解されたまま?」

ニナは控えめにうなずいた。

「火のないところに煙は立たないって思われてる……直接は言われてないけど。俺がヤクザじゃないにしても、何か事件性のあることに関わった過去があるんじゃないか、とか。俺としても、これ以上迷惑かけたくないなって」

結論に納得できなくても、ニナの気持ちを汲んで呑むしかないのだろうか。

悔しい。自分のことのように腹が立つ。もちろん、捏造の投書をしてきたやつにだ。

「休んでくれって、いつ言われたの」

「土曜のバイトが終わってから」

つまり、その一件について話せないで、この土日を過ごしていたということになる。

「わ……ごめん、気付かなかった……」

休日を三人で楽しく過ごすために、ひとりで抱えて黙っていたのだと思うといたたまれない。

瑞生はニナの気持ちを察して、顔を歪めた。

ニナは「いや、いいんだ」と首を横に振る。

「そういうのは忘れて、三人で楽しく過ごしたかったし……」

「ニナ……」

もうすぐいなくなるルルのために。

ニナの想いが切ない。さっきからずっと、胸が痛い。

「でも……同じ谷根千に、『はまな動物病院』もあるから」

「え？」

「ヤクザっぽいのと一緒に住んでるとか、噂にならないかなって……」

思わぬ方向へ話の雲行きが変わって、瑞生は大きく目を見開いた。まさかこっちにまで火の粉が飛んでくるとは、この瞬間まで考えもしなかったのだ。

「なってない！　させない！　ていうかさ、誰だよそんなこと言い出したの。ニナはその投書主に心当たりないの？」

思わず興奮して声を荒らげてしまったが、とても冷静じゃいられないからだ。

このままでは「迷惑かけたくないから、噂が大きくなる前にここを出て行く」とニナが言いだしかねない。

すると、ニナは少し迷うように目を泳がせて、「少し前……」と話し始めた。

「二月の、まだ寒い頃……バイト先で。雪が降ってきたから店ののぼり旗をしまおうとしたら、店先にいて、『お前、こっちで人間のフリしてお気楽に、人間共とうまくやってるな』って」

「そんな前っ……誰に？」

「天界で天使を殺して、永久追放になった罪人天使……ディランって男」

ニナよりもっと大きな罪を犯して天界から永久追放されている流刑の天使が、接触してきたということらしい。

「あっちも、俺が天使だっていうのは見たら分かるんだ。瑞生が金髪の外国人を見たら、日本人じゃないって分かるのと同じくらい、はっきり見分けがつく」

「じゃあ、逆恨みされてるってわけ？」

「天界から追放されて、うまく生きていける天使は稀なんだ。俺のこと、人間に取り入って、お気楽にしてるやつ、ってふうに見えてるんだろうと思う」

「何それっ！　ニナはがんばってるだけだろ？　……って、ニナに怒ってもしょうがないんだけど……」

そんな心根だから地上でうまく生きていけないんだろうと、その罪人天使に説教したくなる。

「でも、投書主が罪人天使のディランだっていう証拠はない」

「ごめん……ニナのこと、ぜんぜん気付いてなかった……。商店街組合の会長さんを知ってるから、もっと早くにぼくが話をしてれば……いや、今からでも」

思わず立ち上がろうとした手を、ニナにぎゅっと掴まれた。ふたりとも、咄嗟にそこに視線を落とす。瑞生がどきっとした刹那、ニナははっとしたように手を放してから、「やめたほうがいいと思う」と首を振った。ニナはいろんな人に迷惑をかけたくないと思っているのだろうが、やはり納得できない。

「そのディランとかいうやつ、どこにいるの」

「分からない」

こちらからは手出しのしようがないのかと、瑞生はため息をついた。

「しばらくはおとなしくしてたほうがいいかなって……。とにかく瑞生に迷惑かけたくない」

相手を刺激するようなことをすれば、いやがらせがエスカレートする可能性が高いと、ニナは懸念しているのだ。

「そういうわけだから……」

当事者のニナが沈黙を選ぶなら、ぜんぜん納得なんかできないけれどひとまず瑞生も「うん」とうなずくしかない。

「……俺、お風呂入ってくる」

ニナがそう言って立ち上がり、バスルームへ移動した。

とりあえず、今すぐここを出て行く、とニナに言われなかったことに瑞生はほっとした。

——でも、このまま泣き寝入り?

「今そうやって嵐が過ぎるのを待つしかなくてもさ……」

ほとぼりが冷めるまで息を潜めていたところで根本的な解決にはならないし、悪いことはしていないのにこちらが隠れるようにして生活しなきゃならないなんて理不尽だ。

瑞生が目を瞑って「んー」と唸ったとき、「ぬぁああご」とものの け猫のカブの声がして、気付けば瑞生の足もとに座っていた。いつからいたのだろうか。

「ぬああああん」

「ん？　もののけさんを連れてきた？」

瑞生がご用伺いに使っている手書きのカード三枚を出すと、カブはカードすべてを前足でたしっと払い除ける。

「あ、違うの？　もののけさんじゃないの？」

「ぬぅううあああん、びゃああああああんっ」

「ん〜〜？　なんて言ってる？　分かんない……待って、ニナは今お風呂だから、出てきたら通訳してもらうから」

するとカブは「ぶしゃあああっ」と唾を撒き散らして身を翻し、タタタタッと駆けて行ってしまった。

パジャマにしているスウェット生地のズボンが、カブの唾でびちゃびちゃに濡れている。

「え……えええー……なんだよもう〜……機嫌悪いの？」

カブに「しゃらくせえんじゃあっ！」と言われたような、なんとなく、そんな気がした。


それから数日経って、ニナが妙な誤解をされたままなのがつらくて我慢できず、瑞生は陽が暮れてから商店街へ向かった。惣菜店のケンスケさんは話くらい聞いてくれるんじゃないかと思ったのだ。

歩いている途中で、瑞生の足もとにもののけ猫のカブがついてきていたことに気付いた。

「カブさん、いたの」

もののけは太陽が出ている間、瑞生にもその姿が見えない。

カブは知らん顔でまっすぐに前を見て、大きな尻尾を揺らしながらのしのしと歩いている。

――カブさんもニナのこと心配なのかも。

瑞生が着いたのはちょうど店じまいの頃で、ケンスケさんが店先に立ててあるのぼり旗を取り込みに出てきたところだった。

「片付けでお忙しい時間にすみません」

瑞生が声をかけると、ケンスケさんは少し気まずそうな顔をして、ぺこりと会釈した。

店先のベンチに促されて腰掛ける。ケンスケさんも瑞生に並んで座った。カブは瑞生の足もとに。当然、ケンスケさんにはカブが見えていない。

「ニナのことですよね」

先にケンスケさんに切り出されて、瑞生は「話、ニナから聞きました」と答えた。

「すみませんね、なんかどうしようもなくて。俺、婿養子なんだよね。親父さんの意見がいちばんだからさ。きっちり反論できるような証拠？　そういうのなかったら、やっぱぱね」

明るい口調ながらも家庭の内情まで明かして話してくれて、逆に申し訳なくなってくる。

「いえ、こちらこそ、ごめんなさい。ニナが誤解されたままだと、ぼくがつらかっただけなんで。ケンスケさんは……ニナのこと、信じてくれますか？」

「ニナがヤクザなわけないってのは俺だって分かってるよ。でもさ、あの背中の傷、説明できないって言われちゃうとさ……護る術がないわけよね」

ケンスケさんが言っていることは当然だと思う。瑞生は同意してうなずいた。

「せっかく店も繁昌してんのにな。ニナ目当てのお客さん、多かったんですよマジで。男性客はコンビニとか、さっと買える弁当店に行きがちなんです。うちみたいな昔からある惣菜店のお客さんって、八割が女性客なんだからさー。大打撃」

はぁ、とため息をついたケンスケさんに、「ニナにその話だけでも伝えてもいいですか？」と訊いた。

「俺も寂しいんだよ。相棒いなくて。ルルのこともかわいがってたのに――っていうのも伝えといてもらえますか？」

瑞生がにこりと笑って、「じゃあ」と立ち上がりかけたときだった。

「ニナ、なんか変なのに目ぇつけられてんの？」

「……なんとなく心当たりはあるみたいです。でも相手がどこにいるのか、居所が分からないからこちらから動きようがなくて」

　すると、瑞生の話を聞いたケンスケさんが「あ～」と頭を掻いて、もう一度座って、とベンチを指すので、促されるまま再び腰を下ろす。

「あのさ、ひとつ気になることがあって。例の投書ね、商店街組合の寄り合い場所に郵送でもメールでもなくて、投げ込みだったんだよね」

「投げ込み？」

「なんでかは知らない。郵送するには切手と封筒を買わなきゃじゃん？　メールは匿名に偽装するのとか面倒だったのかもね。で、商店街の防犯カメラ、俺は見る権限ないんだけど、商店街組合幹部の友だちがいるのね」

「誰か映ってたんですかっ？」

　気が急いて、先回りな質問をしてしまう。

　ケンスケさんはそんな瑞生に少し笑って「ナイショね」と指を立てた。

「最後に投げ込まれた日の記録映像、ちょろっとコピーして見せてもらった。さすがにコピーは貰えなかったけどね。だってほら、同じ商店街のやつが、うちが繁昌してんのをやっかみでいやがらせとかだったら許さねぇぞ、って俺はちょーっとだけ疑ってたからさ」

「……はい」

「でも商店街の関係者じゃなかった。だから逆に、組合のほうも深く追及しなかったわけだ」

　商店街の関係者じゃないからこそ、事を荒立てない、静観するという判断はしかたないのかもしれないが。

「それで結局、誰が映ってたのかは……？」

「知らないやつ。でも今日、うちの店にあやしい男性客が来たんだよね」

「えっ？」

「はじめて見る顔なのに、会計のとき『あのイケメンさん、今日はいないんですか？』って。『今日はお休みです～』って答えたら『休み』ってことに反応したから、まだ辞めてないのか、って思ったかもしんない」

瑞生が前のめりで「どんな人？」と訊くと「防犯カメラに映ってたのと同じ金髪で、中折れ帽も服も黒ずくめ。手袋も黒。春なのに」とケンスケさんは眉を顰めている。

「防犯カメラの男と同一人物だって証拠はない。映像見たのはこの店で俺だけだし、こっそり見たなんて言えないし、それがバレたら怒られちゃうだろ。どうしようかなって思って、その男からなんか引き出せないかと」

「引き出す……」

「だからって、俺が成敗してやろう、とか計画的なものは何もないよ。とにかくその男の情報をなんでもいいから握れないかなって。あとから役に立つかもだし」

ケンスケさんの話ではこうだ。

男は購入した惣菜を「弁当にしてくれ」と注文。しかしケンスケさんは白米をパックに詰めなかったらしい。

「は……白米？」

「弁当注文して、ごはんが入ってなかったら腹立つだろ。クレーム電話してくるだろうと思って。異物混入だと、うちがやられるから、逆に中身を抜いたの。携帯番号ゲットできたら、それでいいやと思ってたんだけどね」

「なんて無茶な……」

「でも番号非通知だわな。そりゃそうだ。で、『あ〜！　白米入れ忘れてました、すみません』っつって謝って、『白米持って今からお伺いします！』って住所訊こうとしたけど、案の定それも断られて、『じゃあお代を全額お返しします』って話したら、あした閉店時間頃に代金取りに来るって」

瑞生はぽかんとして「取りに来る……ここに？　あした？」と問うと、ケンスケさんは大きく首肯（しゅこう）する。ケンスケさんの機転に唖然としつつも、瑞生は親指を立てた。

「でも、店の前で揉め事は勘弁してもらえると……」

瑞生は「分かってます」と何度もうなずいた。

翌日、惣菜店の営業終了時間に合わせて、瑞生はニナと一緒に商店街へ向かった。ルルは母親のゆりに少しの間、預けることにしたので、あまり長居はできないが。

「代金を受け取りに現れた男がディランだったら、『防犯カメラにばっちり映ってるのを見た。証拠映像もある』って若干ハッタリだけど、そこから追及しよう」

ニナはディランの顔を知っている。

惣菜店から少し離れたところに隠れて待っていると、黒ずくめの男が現れた。

「あの男？」

「間違いないよ。ディランだ」

店からその男が出てきたタイミングで、ケンスケさんが『今、例の男がうちの店を出た』と瑞生のスマホに連絡をくれた。

距離を保ち、ディランのあとを追う。

「尾行してるのバレないかな」

「天使は視覚的にそれほど優れていない。嗅覚も鋭くない。聴覚に至っては人より劣ることもある。とくに夜だし、鳥目ってほどではないけど見えづらいと思う」

「ほんとに鳥に近い生態だよね」

ディランのあとを追って行くうち、谷中七福神巡りのひとつ、恵比寿神が祭られている寺院の辺りで突然立ちどまったので、瑞生たちも慌ててすぐ傍の公園の物陰に隠れた。

できれば谷根千界隈からもっと離れたところで声をかけたいのだが。気付かれたかと冷や汗をかきつつ動向を窺っていると、ディランが一歩二歩と後退りはじめた。

「……？」

様子がおかしい——異変に気付き、ニナと瑞生は物陰にとどまった。

「わっ……わ、わあっ……！」

ディランが叫び声を上げている。

すると突然、瑞生たちがいる公園へ向かってディランが転げるようにして駆けだした。そうしながら何度も振り返り、「こっち来んなっ！」と叫んでいる。

何が起こっているのか分からないまま瑞生とニナがまさに身を隠していた石塀の辺りで、ディランは盛大にこけた。体勢を立て直せず、ふたりに気を向ける余裕すらなく、彼は腰を抜かしてじたばたともがいている。

「く、来るなぁっ！　気持ち悪いんだよ、お前らっ！」

ディランはいったい何にそんなに怯えているのか——瑞生がそっと石塀から顔を覗かせると、黒く蠢くものが五メートルほど先に見えた。公園入り口の街灯はなぜかぜんぶ消えている。

「ぬぁあああぁん、ぎゃあああああぁん」

聞き覚えのあるドスのきいた猫の鳴き声に、瑞生は「え？」と目を凝らした。

「あ……カブさんっ！」

もののけのボス猫・カブを先頭に、徒党を組んだ谷根千界隈のもののけたちが道路を塞ぐほど集結している。猫だけでも数百匹。そのうしろには今にも飛びかかって噛みつきそうな大型犬や中型犬をずらりと従え、くちばしの鋭いトンビやカラスはばさばさと翼を羽ばたかせて威嚇し、じわじわとディランを追い詰めるように近付いてくる。

瑞生とニナは、その様子にただ茫然とした。

「ぐるるる……ううううう……」とぞっとするほど低い唸り声で、もののけたちはとうとうディランを取り囲んだ。ディランはすっかり腰を抜かしているらしく、仰向けで地面に肘をついて上半身を起こすので精いっぱいだ。

「びゃあああっ、ぐうううう……」

カブの声がひときわ辺りに轟くと、もののけたちは途端にしんと静かになった。

すると、金縛りにでもあっているような様子のディランの腹の上に、カブがどすっと飛び乗った。それからのしのしとディランの上を歩き、胸の辺りでとまる。

何をするつもりなのかこちらから見守っていたところ、「ぶしゃあああっ」とディランの顔にカブが唾を噴きかけた。見ているこちらまで顔を背けてしまいたくなるほど強烈な攻撃だ。

顔いっぱいに浴びたディランは茫然とし、やがて手がぶるぶると震えだした。

突然、ディランはつけていた黒い手袋を剥ぎ取り、「ひ、い……っ」と奇妙な悲鳴を上げて、手の甲にあるヤモリのタトゥーをばりばりと掻いている。

「……幻覚を見てるのかも……」

もののけたちの力で、ディランには何か恐ろしいものがそこに見えているのかもしれない。

今度はみるみるうちにディランの顔が赤く腫れ上がってくる。その顔、首、胸、脚と、ディランは半狂乱になって全身を掻き毟りだした。腹部に痛みもあるのか、悶え苦しんでいる。

「天使はたいがい猫アレルギーなんだ」

「猫アレルギー？　ニナは？」

「俺は、猫を長い時間抱かなければだいじょうぶ。反応が出ても、目が痒くなる程度」

ディランのほうは強いアレルギー反応を示しているようだ。

「カブさんが『お前をアナフィラキシーで死なせるのなんてわけないからな』って言ってる」

ニナがカブの言葉を通訳してくれて、瑞生はようやく事態を把握した。

「カブさん……」

ニナと瑞生の話を聞いていたカブは、谷根千界隈のもののけたちを集めて、ディランをこらしめにきてくれたのかもしれない。

やがて、すべて幻覚だったのかというほどアレルギー反応が引きはじめ、もとに戻った頃にディランはぐったりと地面に倒れた。

瑞生はニナとともに石塀の陰から立ち上がり、ディランの脇に立った。

「商店街組合に俺に関するいやがらせの投書したの、ぜんぶあんただよね」

ニナの問いに、ディランはくちびるを引き結んでいる。瑞生はその様子をスマホに動画で残した。あとで商店街の組合長に見せるためだ。

するとカブが再び「びやあああんっ」とディランの腹の上で唸り声を上げ、ディランは「ひいっ、もうやめてくれ！」と情けない悲鳴を上げた。

「お、俺だ、俺だ、俺がやった！」

「あんたの勝手な逆恨みで、嘘ばっかり並べ立てて、店にも商店街にも迷惑かけた。間違いない？」

往生際悪くディランが黙ると、カブがくわっと口を開けて、また唾を噴きかけようと肩を怒らせる。

「そうだよ！　俺がやった！」

ディランは短い言葉で、自分がやったことをぜんぶ認めた。それでもまだカブが「びゃあああんっ」と鳴き、ディランは面倒くさそうに大きなため息をついている。ディランも天使だから、もののけ猫の言葉が伝わっているようだ。

「俺がいやがらせで、惣菜店はヤクザを雇ってるって、商店街組合に投書した。店に迷惑かけた。しあわせボケ顔したやつ見るとイライラすんだよ。ぜんぶ俺がついた嘘だ……もういいだろ。ほんとにいいかげんどいてくれ、この化け猫が」

その瞬間、瑞生の中で、何かがブチンと切れた。

気付いたときには、ディランの横っ面を思いきりひっぱたいてしまっていた。

「あ……」

瑞生自身も驚いたけれど、もののけたちも、ニナも、ひっぱたかれたディランも唖然としている。いちばんやりそうにない瑞生だったから、なおさらだ。

「え……ごめんなさい……つい……。だって……化け猫って、きみ、ひどいよ。失礼すぎる」

ディランは撲たれた頬を押さえて、決まりが悪そうに「……は？」と力なく返した。

カブは野生猫としてのプライドを持つ、心優しいボス猫だ。

敬意をもって「もののけさん」「カブさん」と呼んでいる瑞生からしたら、「化け猫」は最大の侮辱。そんなことをこの男に説明したところで通じないだろうが、むかむかするのはとめられない。

「撲ったことはごめん。でもきみのその心は許せない。他人がしあわせに見えた？　ニナは普通にがんばって生きてる人だよ。それを妬んで、ストレスをぶつける対象にして、相手が悲しんだり苦しんだりするのを見て楽しめるような、その心こそが化け物だ！」

ニナは天使だから純真なんだと思っていた。でも、弱いから強がって見せる、ディランみたいな天使もいる。たったひとりで生きていくことがどんなに大変か、近くでニナを見ていた瑞生は分かるし、そこに同情の気持ちもあるけれど、そういう生き方を選んだのは彼自身だ。

瑞生の啖呵が静かな公園に響き渡った夜、ニナの潔白は証明されたのだった。

カブと仲間のもののけたちとは公園で解散し、その足で惣菜店へ戻ると、商店街の組合長、惣菜店の店主も一緒に待っていてくれた。

男がいやがらせの投書を認めたことで誤解がとけ、ニナはバイト復帰が決まった。

ほっとしてふたりで自宅へ帰る道を歩く。

「瑞生、いろいろありがとう……。組合長さんのほうも話つけてくれて」

「組合長さんが、あの投書はいやがらせでデマだって、みんなに話してくれるって言ってたし、よかった。もうだいじょうぶだよ。あしたからまたバイトがんばって」

「うん。瑞生に迷惑かかるようなことにならなくて、よかった」

ニナは、瑞生が『はまな動物病院』のためにも動いたと思っているかもしれないけれど、正直、ケンスケさんのところへ向かったときから、それはまったく頭になかったのだ。

――ニナのことしか、考えてなかったなぁ……。

ニナの名誉を回復したい。せめてお世話になった人には信じてもらいたい。

だって、好きだからだ。ニナの悲しみが自分のことのように苦しくてつらかったし、好きな人が謂れない中傷をされて、知らん顔なんてできなかった。

でも、動物病院のことはぜんぜん考えてませんでした、というと、それはそれで怒られそうな気がするから沈黙するしかない。

帰宅したとき、ルルはゆりとひとしきり遊んだあとに夕飯を食べさせてもらい、お風呂も入れてもらったらしく、すでに眠そうな顔で「おかえりなさぁい」と迎えてくれた。

夜にこの部屋にいるといつもは体調が悪くなる母親のゆりだが、今日はもののけがこの辺りにいなかったためか元気そう。

ゆりに礼を伝えて見送り、瑞生が部屋へ戻るとニナが寝室から出てきたところだった。

「ルル、寝ちゃった？」

「寝た」

時計を見るともう二十二時だ。眠くて当然だろう。

瑞生がソファーに腰掛けると、ニナはその足もとに腰を下ろした。

憂慮のなくなったニナが、おだやかな表情をこちらへ向ける。

「あの公園でカブさんが、『今まで瑞生が助けてくれたんだから、今度は俺たちが』って言ってた」

ニナがそうおしえてくれて、瑞生はじんわりとやさしいものであたためられる心地になりながら微笑んだ。

「ぼくだけじゃないよ。祖父も。そしてニナも。カブさんはニナが困ってたから、あそこまでやってくれたんだと思う。ぼく、二十八年の人生で、あんなにもののけさんが集結したの見たのはじめてだよ。……でさ、気付いてた？　うしろのほうにうさぎとかハリネズミとかハムスターもいて。このかわいい子たちは数合わせに呼ばれたのかなって……ちょっと笑っちゃ……」

話しているうちに涙が溢れてきて、ぽろりとこぼれた。

慌てて拭うのを、ニナが見ている。

「うれしいのと、安心したのと、いろいろ……」

瑞生ひとりだったら、こんなふうに早い解決にはならなかっただろう。ニナの人柄で惣菜店の方にかわいがってもらっていたからで、もののけたちの活躍は、祖父の代から受け継いだつながりがあったからだ。

ニナは瑞生の足もとに跪いて、じっと見上げてくるだけ。

「何、もう。泣き顔は見られたくないんだってば」

ニナの肩を押すけれど、ニナはただ無言で、神を敬うような目をしている。

濁りのない、綺麗なシェリーカラーの眸だ。

「見てないでさ………抱きしめてくんない？」

自分から誘うのと大差ないが、その行動にニナの意思があるのかないのかは重要だ。

焦れた瑞生が肩にかけた手をするりと腕に滑らせると、誘われるようにニナの手が瑞生の腕に添えられた。

瑞生の横に並んで座るのと同時に、ニナに抱きしめられる。

「瑞生、ありがとう……。俺は、瑞生がケンスケさんと話してくれたことだけでも、充分うれしかったんだ」

「ニナは何も悪くないって、信じてほしくて……」

好きな人の、せめて綺麗な心だけでも護りたかった。

「うん……ありがとう」

瑞生はうっとりと目を閉じて、ニナの胸に頭を預けた。

心につぎつぎと花が咲くようだ。うれしさで溢れている。

やさしい抱擁。ひと月近く前に、あのグランピング施設のベッドでくちづけたときくらいしか、こんなふうにくっついたりしていないはずなのに、もう何度もこうしたことがあるような、そんな安心感を覚える。

「なんでだろ……。いつも、こうしてた気がする」

背中がしなるほどぎゅうっと抱きしめられて、瑞生はニナの肩口で、ふうっと息をはいた。

ニナに身体を包まれると、頭の芯まで痺れる心地がする。

ああ、好きだ……と湧き出した想いが、また自分の中に沁みていく。行き場がないから、身体の中をぐるぐると巡るしかなくて。

——ニナに伝えてもいいかな……。

ニナが好きだから、我慢できなくて突っ走ってしまったんだと。

ニナの生涯でいちばんじゃなくていい。地上でいちばんならいい。これ以上は求めない。こんなふうに抱きしめてくれるなら、それだけでしあわせだ。

「ニナ……」

名前を呼ぶ声で充分に伝わってしまいそうだけども。

するとニナも、瑞生の身体をやさしくしっかり抱き返してくれた。

——抱き返されただけなのに。うれしいな……。

相手の身体と溶けあっているような感覚を覚え、次はキスしたくなってくる。あの夜のキスみたいにされたら、きっと、その先をしたくなる。

——だって、なんか、ニナとどういうふうに抱きあえばいいのか、もう知ってる気がするんだよ。

ニナに両腕をしっかり巻きつけて、もっとくっつきたくて、手のひらでニナの背中を引き寄せたとき。

瑞生はどんっと押しのけられるようにして、ニナに身体を引き剥がされてしまった。

「……え？」

「あ……、ご、ごめ……」

ニナの首筋が、頬が、うっすらと桃色になっている。息が上がり、胸が大きく上下して。

そのとき、ぶわりと、強烈な甘い花の香りがニナのほうから漂った。

「んっ」

思わず身体がびくっと跳ねるほど、むせかえる花のにおい。あのときのにおいを濃く煮詰めたようだ。

強い香りに頭がぼんやりとぼやけそうになっていると、目の前でニナが自分自身の腕に噛みつき、瑞生ははっと我に返った。

「ニナ！」

ニナの腕から鮮血がだらだらと滴り落ちている。

「う、うそっ！　ニナ、何やってんだよっ！　ニナ！」

ニナは目を見開いた般若のような顔つきで、自身の腕に噛みついたまま離れない。

「ニナっ……！」

ニナはついに、本格的に発情期がきてしまったのだ。

噛みついたせいで腕についたひどい歯形の手当てを終え、瑞生は重い気分で消毒液や包帯などをひとつずつもとの位置にしまった。

自分の腕に噛みついていたニナの表情が、まぶたの裏に焼きついている。瑞生は胸をずきんとさせて、奥歯を噛んだ。

――ニナ……咄嗟に自分の発情を抑制しようとしたんだろうな……。

自分の腕から血が出るほど噛んで。

瑞生の前で、ニナは発情したくなかったのだ。

――ようするに、ぼくに対して発情したくなかったってこと。拒絶されたのと同じな気がする……。

手当てをしている間は必死だったし、そんなことを考える余裕はなかったのだが。

そのショックは、時間をおいてじわじわと瑞生の心を苛んだ。

ニナはまだ茫然としている様子で、リビングのソファーに横になっている。

今は落ち着いているけれど、瑞生はあまり近付きすぎないように気を遣い、冷却ジェルのまくらを熱っぽい首元や腋下に置いてやった。

「冷たいの、気持ちいい。ありがとう。今日はここで寝る」

ニナは目を閉じて、ソファーの背もたれのほうを向いている。距離を取ろうとするニナの言葉に瑞生はまたしても胸を抉られながら「うん」とうなずいて、掛けふとんを寝室から運んだ。

――仕方ないことだけど……。でもつらい。

人心地ついた頃に、来客を報せるチャイムが鳴った。

「こんな時間に誰だろ……」

前も似たようなことがあった。コウノトリが天界からたまごを運んできたときだ。

時計を見ると二十三時になろうとしている。あのときも夜遅かったので、またコウノトリだったらどうしよう、なんて考えてしまう。

「どなた様ですか……？」

おそるおそる、玄関の外に向かって声をかける。すると、「天界からの報せだ」と答えが返ってきた。

ニナが「俺が出る」と瑞生の前へ割り込み、ドアを開けると、任侠（にんきょう）映画に出てきそうな強面（こわもて）の長身の男がひとり立っていた。

ニナは「天界ブローカーだ。だいじょうぶ」と瑞生を部屋の中へ戻そうとする。

だから瑞生は少し離れたところで、ふたりの会話を聞くことにした。

「ディランには手を焼いていたんだ。その手柄と日頃の恩情もあっての、ニナの減刑だそうだ」

「減刑……？」

「永久追放の次に重い無期追放だったからな。まじめにやってたことも、天の神様は見ておれる。お前の気持ち次第だが、このままうまくいけば十年ほどで天界へ戻れるかもしれないぞ」

天界ブローカーはニナに白い封筒を渡し、去って行った。

ニナは玄関にとどまり、天界ブローカーから受け取ったものを読んでいる。

「ニナ……」

「……天界から。十五年に減刑だって」

十五年。天界ブローカーがさっき「うまくいけば十年ほどで」と言っていた。

天界では、『天使の一撃を撃ち、かなわない恋を忘れさせる』というのがニナに任された使命だった。

本来あるべきところでしかその力を発揮できない天使が、人間として地上で暮らす。そんな生き方を続けることを、ニナは望んでいるのだろうか？

もしも自分が獣医師としての仕事や今あるすべてを剥奪され、見ず知らずの異国でただ日々を過ごして一生を終えるかもしれないとしたら、どうだろうか。帰ることができるチャンスが残っているなら、帰りたいと願うだろう。

神様にお仕えし、使命を果たすのが歓びで何よりのしあわせなら、ニナは天界へ帰りたいのではないだろうか。それに子どもであるルルはもうすぐ天界へ行ってしまう。

「ニナも……天界へ帰れるといいね……」

ニナと目を合わせてそれを言えるほど、瑞生は強くない。握ったこぶしに目線を落としたまま、ニナの顔は見れなかった。

ほんとはずっと傍にいたい。その気持ちはずっと変わっていない。親愛より深い愛になってしまった今は、その想いがむしろ強くなっているくらいだ。

――ぼくはニナが好きだけど。ニナは……。

愛されていなくても、ニナのしあわせをいちばんに考えたから、こぼれた言葉だった。

7. 恋の芳香

翌日、夕方になって、ケンスケさんから瑞生のスマホに連絡が入った。

要約すると『ニナとふたりで飲みに行きたい。ルルをいったん連れて帰り、十九時頃出かけても構わないか』という内容だった。

ニナが飲みに行く誘いを受けるのははじめてだ。ケンスケさんはお世話になっているバイト先で、ニナを大層かわいがってくれている。いやがらせ投書の一件が解決したことだし、男同士で酒を酌み交わし、更なる交流を深めたいのだろうと瑞生は受けとめ快諾した。

ルルをひとりで面倒みるのにもう手こずることはないし、たまにはルルとふたりでおいしいものを食べたりするのもいいいな、なんてちょっと楽しみな気分ですらある。

そんなわけで、金曜の夜にルルとふたり。

こんなときに贅沢するといったら出前のお寿司？　それとも子どもが好きな宅配ピザ？　デリバリーのパーティープレートもいいね、とふたりで相談したけれど、瑞生とルルではそうたいして食べられないことに気付いて、ルルが食べたいと熱望したラーメンと餃子とチャーハンのセットになってしまった。

「ほんとにこれでよかったの？」

「だってルル、こういうの食べたことないもん」

「まぁ、そうだけどさ」

　いつもニナが、しっかりと手作りの料理を用意してくれていたからだ。

　ちゅるるんちゅるるんと醤油とんこつラーメンを啜って、おいしそうに食べるルルをスマホで撮っておく。お箸の使い方も上手だ。スープを飲んで「ぷは～」なんて言うのはテレビの影響だろうか。何をしてもかわいい。

「ルル、もうすぐ誕生日だよ。誕生日は何食べたい？」

「んーっ、ニーのお店の焼き鳥セットとうま塩からあげとね～あとね～」

「ええ～、お惣菜っ？　しかもそれじゃあ、オヤジの晩酌メニューだよ」

「ルルはいつも見てるだけで、あんまり食べたことないもん」

　そういえば最初の頃は持ち帰りもあったけれど、繁昌しているから売れ残らないのだ。

　ニナが働いている惣菜店のものだから、ルルは食べたいのかもしれない。

「いつもルルが食べたいものを、ニナが作ってくれるもんな」

「うん。あ、でもケーキは食べたい。おっきいのがいい」

「もちろん！　すぐ予約するよ。ルルって名前入れてもらわなきゃな」

ルルとふたりで楽しい時間を過ごして、ルルと一緒にお風呂に入る。

バスルームから出たら、脱衣所の入り口に、もののけ猫のカブが座っていた。

「ぬああごっ」

「えっ、もうそんな時間？　ちょっと待って、カブさん」

もののけを連れてきたのだと思って、大急ぎでルルにパジャマを着せて髪を乾かしてやり、自分のこともそこそこに、バスルームを出た。

「ルルはご本読んでてね」

じつに慌ただしい。あいかわらず夜も忙しい瑞生だ。

いつものご用伺いのカード三枚を出すと、カブはカードすべてを前足でたしっと払い除けた。

「えっ、もしかして外？　今日は無理なんだけど」

カブは「俺について来い」とでもいうように、あごをクイっと上げて瑞生を誘う。

「今日は、ルルとぼくのふたりなんだよね。できればもののけさんをここに連れて来てほしいな」

もののけ猫のカブの案内に、ルルを連れて行くわけにいかない。それに、ルルは話すと十二歳くらいのしっかりとした印象だが体形は二歳児程度だから、ひとり置いても行けない。

しかしこれだけ説明したにもかかわらず、カブは「早くしろ」とばかりに「ぬあああっ！」と大声を上げる。さらにカブは「びゃあああん、ぬあああん、ううう」と訴えてくるけれど、何を話しているのか、瑞生は皆目見当もつかない。

「困ったなぁ……ニナに帰ってきてって言うのもなぁ……」

「びゃあああっ！」

　瑞生がカブの言葉が分からなくてもカブのほうは理解しているから、いつもは話せば分かってくれるし、これほど強引じゃないのに。

　もしかすると、外で何か大変なことが起こっているのかも……と考えたとき、瑞生のズボンをルルがくいっと引っ張った。

「みず、ゆりちゃんに電話して」

「えっ？」

　ゆりちゃんとは瑞生の母親のことだ。いつの間にそんなふうに呼んでたのかと笑ってしまう。

「今度ゆりちゃんと一緒に寝ようねって、お約束したんだ。天界へ上る前に、一回くらいゆりちゃんちにお泊まりしたい」

　きのうゆりに見てもらったとき、そんな話をしたのだろう。

「あ～……うん、分かった。カブさん、ちょっとだけ時間ちょうだい。母さんにルルを見てもらうの、お願いしてみるから」

　連絡をするとゆりは快く承諾してくれて、すぐに車でルルを迎えに来てくれた。

「あした朝から病院に来るとき、一緒にルルちゃんを連れてくるわよ」

「うん、ごめんねなんか、二日連続で急なお願いして」

カブは瑞生の足もとで、イライラした様子で尻尾をたしたしと振っている。それを横目で見ながら、ゆりにルルを託した。

「みずっ」

離れ際、ルルに呼ばれ、瑞生は「何？」とルルの手を握った。

「みず、キューピッドはね、みんなに恋の矢を射るわけじゃないんだよ」

「……え？」

「自分の気持ちにまっすぐに、恋の衝動を無理に閉じ込めたりせずに動ける人には必要ないから。どうしても自分で動けない人の恋を、キューピッドはお手伝いするんだよ」

「…………」

なんだか「恋の衝動から逃げるな」と諭された心地になる。

「ルルが恋の矢を射って、みずの恋をかなえることだってできるけど、みずは必要？」

瑞生は目を見開いた。

ルルは瑞生の恋に気付いていたのだろうか。恋のキューピッドだから。

にこにこと待つルルに、瑞生は微笑んで首を横に振った。

「必要ないよ」

「だよね！　キューピッドの座右の銘は『恋は掌上(しょうじょう)に運(めぐ)らせよ』。恋はキューピッドの手のひらの上にあって、キューピッドの思いどおり、って意味。でも、みずの恋の心を揺らす手は、みずの中にちゃんとあるよね」

なんだかぐさぐさ刺さって、瑞生は俯いて自分の胸の辺りを見つめ、そこに手を置いた。ここに恋心を揺らす手がある。能動的に、感情的に、好きだから衝き動かされる。

瑞生が顔を上げたときには、ルルは手を振っていた。

「みず、がんばってね。いってらっしゃい」

「……あ、はい。いってきます」

瑞生も応えて振り返す。

ふたりに「おやすみ」のあいさつをしてドアが閉まり、瑞生ははっと目を瞬かせた。

「……ん？　なんで急に恋の話を始めたんだろ……ニナになんかあったってことっ？」

カブが来たからもののけの診察か、外で何か困っているもののけがいるのかと思ったのだが。

「……ルルってもしかしてカブさんの言葉が分かってる？」

今更なことに気付いてカブに問いかけると、カブは「ぬあん」と返事をした。


――なんかあった、なんて、こんなとこでどんなことが起こってんだよ！

訳が分からないまま、カブの案内で瑞生は夜の歓楽街を歩いていた。

「カブさん、ここえっちなお店が並んでる通りなんだけど？」

ピンクやオレンジのネオンを浴びながら、いやな予感しかない。

──この辺にニナがいるってこと……？

ここは根津からタクシーで十分もかからない、上野駅周辺だ。

都内最大、いや日本最大の歓楽街は、言わずと知れた新宿・歌舞伎町だろう。都内だと他にも何箇所かあるのだろうけど、上野＝動物園という認識の瑞生は、上野駅の近くに風俗店が固まっていることを知らなかった。

「なんていうか……歌舞伎町より逆にリアルっていうかさ……うまく言えないけど」

『超満員痴漢電車』とか『秘密のハレンチ桃色学園』とか、「そういうコンセプトなんですね」と分かりやすい店名の看板が並んでいる。

「まさかニナがもうすでにこの中のどれかの店に入ってる、とかじゃないよねぇ？」

カブは呼び込みのお兄さんらの足の間をすり抜け、すたすたと進んでいく。

周囲から見ると、瑞生はひとりでぶつぶつ言いながら歩いている怪しい男に映っていることだろう。

「かわいくてえっちな子いますよ」というキャッチの声を躱した視線の先に、ケンスケさんに腕を引っ張られてふらふら歩くニナを見つけた。途端にカッと頭に血が上る。

「ほんとにいたっ！」

信じたくないけれど、目の前に、風俗店に入る寸前のニナがいるのだ。

人目も憚らず声を上げ、血相を変えた瑞生は通行人をよけながら駆ける。

「何やってんだよ、ニナっ！」

しかし瑞生より早く、ニナに猛突進したのはカブだった。

大きな尻尾を振り乱し、軽やかな身のこなしで思いきりの大ジャンプ。もののけ猫のカブは、振り向いたニナの顔を目がけて飛びかかったのだ。

「わーっ、カブさんっ！」

ニナはカブに顔を覆われたまま倒れ込んだ。

カブの姿はみんなには見えない。だから突然ひとりで盛大にこけたことになっているニナに、ケンスケさんは唖然としているし、周囲の通行人やキャッチの男性もぽかんとしている。

瑞生が駆け寄ったときには、カブがニナの頬に強烈な猫パンチをお見舞いしていた。

「びやあああん、ぬああああごおおおお！」

「わっ……カ、カブさんっ、ご、めん！　ごめんっ……！」

周囲からは、ニナが慌てた様子で瑞生に向かって謝っているように映るだろう。

ニナとカブの会話の内容は誰にも分からない。

でもなんとなく、瑞生は伝わる気がして、大きなため息をついた。

カブは怒っているのだ。きっと「こんなとこで何してんだコノヤロー！」とか「性欲満たせるなら誰でもいいのかよ！」とか。

「……いや……まぁ、それはぼくが言いたいことなんだけども……」

ニナはすっかりしゅんとしてしまい、カブはようやく気がすんだのか、瑞生の足もとに戻ってきた。

「瑞生先生、どうしてここに？」

瑞生はケンスケさんの問いには答えず、「おふたりで、何やってんですか」と硬い声と半眼で問い返す。

ケンスケさんは「あー、えーっど」と答えにくそうに惑い、瑞生がじっと睨めたのでしぶしぶ話し始めた。

「今日ニナが元気なくて、話を訊いたら『強引に押し倒したり、襲ったりしそうなんです』って苦しそうに言うからさ。なんだそりゃ溜まってんならちゃちゃっと出せばいいだろ、すっきりするぞっつって」

「……で、風俗店に？」

「間違いで傷つけたくないんだったら、風俗なら後腐れなくて、手っ取り早いかなって。瑞生先生だって男なんだから分かるっしょ？　あっ、俺は嫁さんいるからねっ、こういうとこにお世話にはなんないよ？」

分かってたまるか、と思うが、世の中にはいろんな考えの人がいる。

発情期で正常な判断力を失っている中、アニキ的な存在であるケンスケさんのアドバイスをニナはつい鵜呑みにしてしまったのかもしれない。

見つけたときは、ニナはだいぶ無理やり連れて行かれそうな状況だったが、もし瑞生が間に合わなかったら、強引にとはいっても入店していたのだろうか。

そう考えると膝の力が抜けそうになるし、憤りと悲しみで気持ちが昂り、手が震えて仕方ない。

——もう……泣きそうなんだけど！

「と、とりあえず目立ってるし、警察が来ちゃうから移動したほうがいいかも」

このケンスケさんの提案はもっともだと思ったので、瑞生は一度深呼吸して自身を落ち着かせてからニナのもとに屈み、「帰ろう」と手を差し出した。


ニナと瑞生は自宅前でタクシーを降り、ケンスケさんとはそこであいさつをして別れた。

着いたらカブもいつの間にかいなくなり、ふたりきりになった途端、気まずい空気が流れてしんとする。何かを察したらしいケンスケさんがタクシーの中ではひとりで喋っていて、上野から十分の間に騒がしかったからよけいにだ。

「ケンスケさん……ニナのことほんとかわいがってんだね。だからって風俗店を勧めるのはナイわー、と思ったけど」

悪気はなかったのだろうし、男同士が欲求不満の話になったら、「いっちょ行ってみる?」なんて展開は珍しくもない――というのは、分からなくもないが。

「確認だけど、『もみもみぱふぱふパラダイス』の前に他の店にも行ってて、風俗店の梯子してたわけじゃないよな?」

すぐに「してない」とニナからきっぱり答えが返ってきた。

しかし瑞生が部屋へ帰ろうとしても、ニナはタクシーを降りたところから動かない。

「ニナ、うち入ろ。カブさんの猫パンチで顔がちょっと汚れてる」

カブは猫パンチ攻撃の際に爪を立てていなかったようで、ニナの顔についているのは泥っぽい肉球印鑑だけだ。コントみたいで、そこだけ見たら笑ってしまう。

「……ルルは?」

「ルルは今晩、母さんとこにお泊まり」

するとニナは「俺も、どこか……」と目を泳がせた。

部屋で瑞生とふたりきりになりたくない、と強烈に拒絶された心地がする。

それまでどうにかこらえていたのに、ついに心がわっと破裂して、瑞生はニナの服をしわくちゃになるほど掴んで思いきり引き寄せた。

　ニナは身を引いて顔を背けようとする。それでもニナからふわんと花の香りが漂った。

　誰に対して、なんに対しての発情でこうなっているのか。もう感情を抑えられない。

「あったまきた……！　ニナはぼくなんかより、ああいうえっちなお店のおねえちゃんとか、そこらで野宿とか、そっちのほうがいいってわけっ？」

　瑞生が間に合ってなかったら、ニナはあの店に入って今頃もみもみぱふぱふ……なんて店名のせいで具体的に想像して、怒りと嫉妬で頭が爆発しそうになる。

　唖然としているニナをぎりっと睨んで、今度は腕を掴み、瑞生は有無を言わさず自宅に連れ帰った。

　帰宅してそのままニナをバスルームへ押し込み、瑞生は落ち着こうとソファーに腰掛けた。

　このあとどうするか、具体的に何も考えていない。

　――でもルルががんばれって言ってくれたし。

　ふたりだけでゆっくり話してほしいと、気を利かせてお泊まりに行ってくれた。そんなルルに「キューピッドの恋の矢はいらない」ときっぱり宣言したのだ。

「きらわれてはいないだろうって思ってたけど……そんなに好かれてもいない気がする……」

　発情したくないとかたくなな態度をこれほどあからさまにされて、瑞生はニナのことが好きなのだから、ほんとうに心が折れそうになる。

「ニナのいちばんじゃなくてもいいから、って言い方はなんか逃げ腰の脚に縋りつく、みたいでだめかな……でもそこら辺を譲歩してでも好きって分かってもらわないと、それこそだめな気もするし……」

ぶつぶつとつぶやいて唸っていると、ニナがリビングに戻ってきた。

ニナがいるだけで、部屋は花の香りでいっぱいになる。

「……こんなにおいさせて、惣菜店はだいじょうぶなの？　食べもの扱う店だろ」

「他の人には、におわない」

「……えっ？　どういうこと？」

今この瞬間にも、いいにおいがいっぱいに漂っているというのに。

まるで「もうあっちの寝室へ行ってくれないか」と言われてるみたいだ。

「……今日俺、ここで寝るから」

瑞生はソファーからすっくと立ち上がり、最短距離を進んでニナの目の前に立った。ニナの周囲の空気がいっぺんに緊張するのが伝わる。ニナは柱にでもなったように動かない。

「ニナ」

ショックが大きくてつい硬く尖った声で名前を呼んでしまう。

「質問に答えてない。このにおい、ぼくだけが感じてるってこと？」

ニナはばつが悪そうな顔で、反抗期の人みたいにうなずくと、瑞生とやっと目を合わせてくれた。

「なんで……ぼくだけ？」

ニナは口を開いて、また閉じて、苦しそうにしている。

根気強く待つと、観念したようにニナが話し始めた。

「天使が発情期に発するフェロモンは……つがいを誘うためのもの。ひとりにしか通じない」

「……ニナ、ぼくを誘ってたの？」

なんだか信じられなくて、ニナの言葉が頭にすっと入ってこない。

「だめだって分かってても、俺にだってどうしようもない感情だから」

「そっ、それなのに風俗て！　ぼ、ぼくのことなんだと思ってんだよっ」

瑞生が責めると、ニナはしおらしく「それは、ごめん」と項垂れた。

「そもそもなんでそういう行動に……バイト行くときは普通だったろ」

「往き道で、盛ってる猫を見て」

「え？」

つまり、盛っている猫を見てうっかり発情してしまったらしい。そんなつもりはないのに、些細なことで箍（たが）が外（はず）れてしまうのが発情期だ。

「バイト中に具合悪くなってしまって、ケンスケさんにちょっと話したんだ。それで、出せば治まるって言われて。このままじゃ帰れないし、瑞生のこと、傷つけたくなかった。でもやっぱいやだ、って店の前で揉めてたところだったんだ……。結局、瑞生を怒らせてるけど……」

全身の力が抜けそうになる。

あれこれ考えるより先に、瑞生はニナの身体にぶつかるようにして抱きついていた。

「怒るっていうか、ぼくは傷ついたんだよ！」

ニナは驚いて、「瑞生」と肩を押し返そうとしてくる。

だけど構わない。何か確信のようなものが瑞生の中にあって、この手を放してはいけないと強く思うのだ。

「今だってめちゃめちゃニナのいいにおいしてる……これ分かるの、ぼくだけ？　ニナは今、ぼくを誘ってんの？」

ニナは答えたくないのか無言だ。抱き返してもくれない。

「なんで、だめだってブレーキかけてる？」

「距離が近すぎると、フェロモンの作用で恋だと勘違いをさせてしまう。そもそも嫌悪してたら悪臭でしかないけど、ちょっとでも好意があると、それが恋愛感情でなくても、恋をしているような気分にさせて、相手の発情を誘発させてしまったりする」

「勘違いさせてしまう……？」

つまり、瑞生が恋愛感情だと思っていてもそれはフェロモンのせいで、勘違いだからだめなのだと、ニナは考えているのだ。

瑞生は奥歯をぐっと噛んで身を離し、まっすぐにニナの顔を見据えた。

「ぼくの気持ちを、勝手に勘違いなんて決めんな！」

「でも」

「でもじゃないよ！　フェロモンのせいだって？　ちっがうよっ！　このにおい、最初に気付いたのは千葉の旅行で、ニナとキスする直前だった。でもぼくはそれよりもっと前から……自分で認めてなかっただけでニナに対して恋愛感情があったんだよ。ぼくはちゃんと、ニナのこと好きだった！」

最後は叫ぶように告げた。

だって、ぜったいに分かってほしい。勘違いだと言われたくない。

好意があるから、いいにおいだと身体が悦ぶのだ。頭が痺れるほど、うっとりだってするし、その香りに全身を包まれたい気持ちになる。

「ぼ、ぼくは、ニナのことになると、すごく心が狭くなる。院内の獣看護師さんとか、と、とくにトリマーのすみれさんとか、ニナが仲良く話してるの見ると、いやな気持ちになるんだ。ご近所のご婦人はいいのに……こういうとこ、だいぶ失礼だろ」

「すみれさん……は、保育園に通ってる息子さんがいるから、話してただけで」

「分かってるよ、そんなこと。この際だから言うけど、すみれさん、って呼んでんのもやだ」

「え？　瑞生だって呼んでる」

「ぼくはいいの！」

身勝手だ、と言いたげなニナの視線が痛い。

恥ずかしいのとてれくさいのとで、瑞生はまたぎゅっと抱きついた。

「いつまで棒みたいに突っ立ってんだよ。ぼくなんて、いちばんじゃなくてもいい二番目でもいいや、って思っちゃうくらいニナが好きなのに。腹が立つし、好きだし、大好きだし！　ニナが生涯でたったひとり本気で愛した人が天界にいるなら、ぼくのことは地上でいちばん愛してくれたらいいいんだ」

本気でそう思っている。勝ち負けじゃないというと強がりに聞こえるかもしれないが、過去の恋愛なんて『過去』にくれてやる――そんな覚悟ならできている。

「こんな形振り構わずな恥ずかしい告白したの、生まれてはじめてだよ」

しかしニナはあいかわらず木の棒みたいなので、瑞生は焦れて顔を上げた。

顔を上げて驚いた。ニナが両方の目から、大粒の涙を溢れさせていたのだ。その水滴が、振り仰いだ瑞生の頬にぽたりと落ちる。

「……えっ？」

「……ほんとに？　俺が発情するより前から、瑞生は、俺のことが好き……？」

確認したいならいくらでも言う。分かってもらいたいから、伝えたくなる。

「最初は獣医としての責任感もあったけど、それだけじゃない。あ、勘違いしてそうだから先に言うね。ニナは天界で生きるほうがしあわせなのかなって考えもしたけど、ぼくの気持ちだけ押しとおしていいなら、一生帰らせたくないって思ってる。好きな人と離れたくないのは、当たり前だろ」

　とろとろと流れるニナの涙に、瑞生は無意識にくちづけていた。

　甘い蜜の味がする。これはきっと、恋の味だ。ニナの想いが入っている。

　舌に甘みが広がって、瑞生の胸はどっと熱く滾った。

「瑞生……ひとつ、話してなかったことが」

「……何？」

　まだ何かあるのかと、ちょっとぼうっとした心地でニナを見つめる。

　ニナはふぅと小さくため息をつき、瑞生を見つめて話しだした。

「……瑞生と、恋するの、二度目なんだ」

「……二度目？」

「俺が瑞生に、『天使の一撃』を撃った」

　夢見心地からいっきに醒める。

　恋を忘れさせることができるという、『天使の一撃』。

「……え……なんで？」

　それをニナが瑞生へ向けて撃ったのはなぜなのか。

「天使が地上の人間に恋をするなんて、許されないことなんだ。人の恋を客観的にコントロールする役割なのに、当事者になれば秩序が狂ってしまうかもしれない。それに、異種が交わるタブーは、神に対する冒瀆だと。俺の手で撃ち、恋を忘れさせるように命じられた」

そしてニナはタブーを冒した罰として羽を切り落とされ、天界から追放されたのだ。

「……出会ったときに話してくれたら」

かつて恋をした相手、それを忘れているだけだと。

するとニナは「恋を消せという命令にまた背くことになる」と首を横に振った。

「瑞生が俺を好きになってくれるまで、話すのを禁じられていた。恋人だったと吹き込むのは、意図的に感情を操作するのと同じ。先に前の恋を明かせば再び制裁を受ける。神様は『瑞生の恋はフェロモンのせい。地上で再び恋に落ちることはないだろう』って言われた」

天使のフェロモンは羽の内側から強く香るらしい。しかし、追放されたニナには、もう羽がなかった。以前ほど強いフェロモンではないため、瑞生はずっとそのにおいに気付かずにいたのだ。

「じゃあ、ほんとうは最初からあの甘いにおいを発してたんだね」

ニナは「勝手に出てしまうから」とうなずいた。

「瑞生が好意を自覚してくれると、周波数が合った電波みたいに、フェロモンのにおいに気付くようになる。だから、あの夜、瑞生に『いいにおいがする』って言われて、俺、つい……うれしくて、先走って、キスしてしまった……」

しかし恋愛感情ではなく、その手前にある好意の状態でも、フェロモンを嗅ぎ分けきれてしまうから、ニナは自分を律して、深く踏み込もうとしなかったのだ。

「フェロモンの力で、なんて、俺からしたら呪いみたいなものだ。そうじゃなくて、瑞生に、ほんとうに愛されたかった」

瑞生だけに愛されたがる、ニナの心。まっすぐすぎるニナの想いが伝わる。

「前の恋のときも、瑞生が昼は動物病院の獣医師として、夜はもののけ動物病院で、小さな命を大切にして、懸命に育んでいる姿を傍で見ていて好きになった。前の恋のときは、俺が誤って天界から落ちてケガしてたのを、瑞生が助けてくれたんだ」

「じゃあ似たような出会い方してたってこと？」

夢で見た気がする。朧気（おぼろげ）で曖昧（あいまい）で、あれが前の恋の記憶の一部なのかは定かじゃないが。

「天界から地上を見下ろしてたとき、瑞生にひと目惚れして、その、すごくかっこ悪いんだけど……目で追ううちに天界のへりから落ちたんだ」

ニナが恥ずかしそうに告白してくれた。そのエピソードに「ニナ、けっこうドジっ子？」と瑞生もちょっとてれながら笑ってしまう。

「落ちたところが何かの黒い油が浮いた夜の川で、瑞生が助けてくれた」

あの日、見た夢。断片的だったけれど、川縁で天使を見つけた場面と符合する。

そもそもは、瑞生へのかなわない恋心を持った女性に向けて『天使の一撃』を撃つべく、ニナは天界から下を覗き込んでいたそうだ。だから神様は、ニナと瑞生の恋を知ったとき、ニナを「あの一撃は私欲のためじゃなかったと、どうやって証明するつもりなのか」と咎めた。

「そうか……。神様ってどうしてそこまでひどいことするんだろって思ってた。でも腑に落ちなかった部分もまぁ……納得できるような……」

制裁するにしても他に方法がなかったのかといまだに思うが、羽がついたままだったら地上で人間として生きていけないだろうし、とニナを一生地上に引きとめておきたい瑞生は複雑な気持ちだ。

「関わった人の記憶からも消されるはずが、カブさんは俺を忘れてなかった。カブさんはものけだから効かなかったのかも」

「カブさんとの会話の内容を、ぜったいぼくにおしえてくれなかった理由はそれだったんだね」

ふたりの一度目の恋も知っていたからこその、今日のあの強烈な怒り炸裂猫パンチだったのだと思うと、カブの想いがうれしくて泣きそうになる。

「ニナに気付かなくて、ごめんね。こうして話してても、思い出せないけど、ぼくは今、自分の胸にニナへの気持ちがあるってちゃんと分かってる。それだけでいいよね」

かつての記憶をどうしても取り戻したいとは思わない。今が充分しあわせで、この瞬間を大切にしたいからだ。

ニナは再び涙をたたえた眸で瑞生を見つめ、こくりとうなずいた。

また愛されるという確証はないのに、瑞生の気持ちを信じて待っていてくれた。

「好きだよ、ニナ」

「俺も……瑞生が好きだ」

手をいっぱいに広げて、互いを抱擁する。

そのままどちらからともなくくちづけたら、ニナの涙の味がした。

花のような甘い芳香、甘い味。

「これにも、恋の成分が入ってる？」

「……発情、してしまうよ、瑞生も」

「もうしてるよ」

抱きあってくちづけをかわす。

ニナの首に腕を回すと、ニナは背中に回した腕をきゅうっと狭くしてくる。

恋とはなんて苦しくて、心地いいのだろう――しあわせに痺れて、目を瞑り、呼吸を忘れるほどに、夢中でニナの舌を味わった。

花の香りが強烈に発せられている。頭の芯がぼうっとして、くらくらする。

「ニナ……もう、立ってられないっ……」

「瑞生」

ニナに首筋をくちびるで愛撫されながら、おぼつかない足取りで寝室へ誘われる。

「ニ、ニナに首、のとこ、そんなっ……されると……」

柔らかい皮膚を舌でざらりと舐められ、嬲(なぶ)られ、鼻先でくすぐられるだけでも、腰から崩れそうになるのだ。

「いっぱいしてあげる」

ベッドに横たわり、舐めて吸われて、歯を立てられると、なんだか食べられてしまいそう。

「ニナにだったら、ぜんぶ食べられちゃってもいい」

「俺はライオンじゃないけどな」

あむあむと首筋を食まれて、瑞生は「あ……」とニナの顔を覗いた。

「あの……千葉でキスした夜ね、ニナとえっちしてる夢見たんだ。うなじのとこ、ニナに噛まれながら……すごかった。あれもしかして、前の恋の記憶だったんじゃないかなって」

あれほど鮮明に夢に見て、記憶から消せないほどなんてよっぽどよかったのか……と、瑞生は少し恥ずかしい気持ちになってしまう。

ニナは「そうかもね」と薄く笑って、瑞生にくちづけた。

目を瞑って、重なり合ったくちびるの隙間からニナの舌を誘う。惜しみなくニナが応えてくれて、瑞生はうっとりとくちづけに酔った。

「ほんとに、甘い……蜜、みたい……」

一度くちづけあうと、離れられなくなりそうなくらい。

花のにおい、蜜の味。頭の中でとろとろのシロップを掻き回されているよう。

「ニナ、だいじょうぶ？　ほんとは、がまんしてる？」

発情期なのだから、もっと思うがままに動きたいのではないだろうか。

「もう、瑞生は俺のものなんだ、って安心したから。でも瑞生に『いや』って抵抗されると、無意識に押さえ込みたくなるかもしれない」

抵抗する気はさらさらない。

「ニナ……好き。いやなんて言わないよ」

「ん……好き」

ひとしきり口内を愛撫しあったら、素肌にふれたくなった。相手にさわりたいのと同時に、さわってほしいという欲求で頭がいっぱいになる。

ニナが「俺も」と瑞生の手を取り、同じようにふれたいのだと訴えてくる。

脱がしあうより早く抱きあいたい気分だったから、途中で目が合ってキスした以外は、ふたりとも自分が身に着けているものを手早く脱いだ。

再びベッドに寝転がり、さらけ出した素肌をぴたりと重ねる。どちらからも掻き抱き、飽きるまでキスを続けた。

「飽きないいんだけど、でも、もう、おかしくなりそう」

ペニスの先を重ね、そこをこすりあわせながらキスをするうち、腹の辺りまでぬるぬるになっている。

「はぁ、あ……っ……あっ……」

瑞生はニナを、ニナは瑞生のものを掴み、くちづけあいながら揺れ合った。

ふれているところから、溶けてしまいそうな感覚だ。

たりない、もっと、と身体が叫ぶみたいで、瑞生は鼻を鳴らした。

ニナが瑞生の胸、脇腹、こつんとした腰骨にも舌を這わせ、甘噛みしてくる。へそにまで舌を突っ込まれて「いやだ」と押し返したら、今度は楽しそうに鼠径部に顔を埋めるから、笑ってしまう。

「ニナっ……くすぐったい」

でもそこを何度も吸われると、だんだん変な気持ちよさが生まれて、しまいには尻を浮かせていた。くすぐったいところと恥ずかしいところは性感帯、といったりするが、それを自分が実感している。

そうやってあちこち舐められたり吸われたりして、もうべとべとに濡れてしまっているペニスの先端を口に含まれたときは、身体に力を入れすぎていた結果、ぐたっと脱力してしまった。

「ニナ……なんか、いじわるだ……」

「いじわるじゃないよ」

「やぁっ……うそ……」

先っぽしか舐めてくれない。棒付きの丸いキャンディーみたいに口に含まれて、転がされるばかり。

「瑞生のは、俺にとっては、甘い」

覗き見ると、ニナがおいしそうにしゃぶっている。

瑞生は大きく胸を弾ませて、ペニスを掴むニナの手を爪で掻いた。

「ニナぁ」

「何？」

「あ……あぁ……やっ……、もっと」

ちゅぽっと吸われて、瑞生は腰をがくがくと震わせる。

「もっと？」

「ぜんぶ」

根元から先端までくちづけられて、「やだ、ちがう」と瑞生は我慢できずに自分のペニスを掴んだ。

「ここまで、ぜんぶ、ニナの口の中に……あっ……」

寸前まで焦らされていたのに、一転して惜しみなく口淫してくれる。腰をがっしりと抱えこまれ、少しも逃げられないようにするのだから、極端だ。

「あぁっ……はぁっ、はぁ、はあっ」

両手を伸ばし、ニナの濃い蜂蜜色の髪をやわく掴む。それが上下するごとに、快感が積み重ねられていく。

ニナの上顎のでこぼこに先端をこすりつけられ、瑞生はたまらず腰を揺らした。頬の内側に含まれたり、弾力のある舌で押しつぶされたり、鈴口をくすぐられるとたまらない。

ニナに愛されているペニスが赤く熟れて、どろりと崩れてしまう気がする。

「と、溶けっ……るっ……」

興奮もあらわな息遣いで、瑞生は身を仰け反らせた。

つま先まで力が入り、ニナがくれる快楽に没頭する。

「ニ、ナ……っ……、ニナ……」

気持ちいいけれど、なんだか急に、ぽつんと置いていかれたような気持ちになったから、そんな声で名前を呼んだ。

呼んだら、ニナは顔を寄せてやさしいキスをくれた。

くちびるを食んで、啄(ついば)んで、かわいがられる。言葉はなくとも、好きだよ、と言われているようなキスで、安心する。

くちづけられながらニナの指が後孔をさぐるのを感じた。

瑞生の記憶の中ではそこを使うセックスの経験は一度もないはずのに、身体をかたちづくる細胞は覚えているのか、不思議とそれを怖いと思わない。

「夢で、見たからかな……」

「怖くない？」

怖いどころか、気持ちいいはずと信じているし、期待しかない。

瑞生はうなずいて、ニナの指を待った。

「瑞生が痛くないように、していい？」

「痛くないように？」

「恥ずかしいだろうけど」

どきっとしつつ待つと、腰が高く上がるように下に枕を敷き、膝裏から脚を押さえ込まれて、後孔が丸見えになる格好をさせられた。

「ニ、ナっ……」

「唾液には、浄化と、誘引と亢進の作用がある。催淫効果みたいな。身体に悪い影響はないから」

「えっ……あっ……！」

「気持ちよくするためにある、ただの分泌液。キスのとき、瑞生はすでに舐めてる」

あの、蜜の味がするもの。

淡々と説明されている最中に後孔に直接口をつけられて、舌を突っ込まれたから驚いた。

「う、うそっ、……んぅっ」

思わずぐっと下唇を噛んだ。ニナの舌がにゅるりと入ってきて、瑞生の内側をそれが這うのを感じたあと、そこに何かが注がれている。

「……んっ、……あぁっ……はぁ、はぁっ」

最初ぞわぞわと背筋が震えて、その悪寒めいたものが、じわっとあたたかい感覚に変化した気がした。

ニナが口元を拭い清め、瑞生のところへ戻ってきて、あやすようにくちづける。

瑞生はニナの首に腕を巻きつけ、ニナの舌を受け入れて、自分からも舌を絡めた。

ニナのキスが気持ちいい。彼の甘い香りを頭の隅々まで詰め込まれるほどに嗅ぐと、夢の中にいるような、ふわふわした心地になる。どきどきと胸が高鳴る。

「……っん……！」

後孔に指を挿れられたとき、全身がつんとくるような快感が走って、瑞生はつま先を突っ張らせた。

中をあちこちこすり上げられ、指でくまなく探られる。ニナの手指にただふれられるだけで力が入らなくなるくらい気持ちいいのに、陥落させたいという意思を持って愛撫のために動かされると、腰が砕けてしまう。

「気持ちいいとこ、おしえて？」

快感から逃げられないように片手で肩をきつく抱かれ、指をぐっと深く押し込まれた。その動きは容赦ない。やさしく抱いているのではなく、ニナは瑞生に強く欲情しているのだと、そういうところで感じさせられている。

「痛くない？」

「……な、いっ……」

指を増やされても、痛みはない。肌が粟立つほどの快感ばかりだ。

「瑞生の首筋も、太ももの内側も、鳥肌立ってる……」

だって気持ちいい。指を増やされたことで密度が増したように感じられ、濃い快楽で背筋がぞくぞくと震えている。瑞生はニナに抱きつき、首元に顔をすり寄せた。

「中……こ、こするのっ……いっぱい、あっ……あぁ」

「こう？」

ニナが指をピストンさせると、そこに注いだ蜜がぐしゅぐしゅと音を立てる。

「あ、あぁっ……」

「……これは？」

深く指の根元まで挿れ、内壁を揉み込まれたり、掻き回されたり。瑞生はそのどれもに悦んで、嬌声（きょうせい）を上げた。

「瑞生、俺もうけっこう……限界……」

発情期のニナが自分の欲望を抑えて耐えていることを半分忘れてしまうほど、瑞生はニナがくれる快楽にすっかり没頭してしまっていた。

「ごめん、気持ちよすぎて夢中だった」

「瑞生をよくしてあげたいから、うれしい」

ニナはこんなときでも、ほっこりするような柔らかな笑顔だ。

「ニナ、かわいい。好き」

「かわい……くないことするよ」

「え？」

「挿れたら、とめられなくなるかも。やっと瑞生と……って、今すでにもう」

瑞生がふれた彼のペニスは硬く勃起していて、透明の蜜をだらりと滴らせている。

ニナの眸は潤み、くちびるが少し震えて、「挿れたい」と短く訴えた。

欲望を見せつけられて、むしろどきどきする。興奮のあまり、瑞生も目を潤ませた。

「うん、いいよ。きて、ニナ」

組み敷かれて、ニナが瑞生の中に入ってきたとき、彼の身体からぶわりと花が溢れるように強く香った。

好きなにおいに、全身を包まれる。

仕事柄、香水はつけないし、人工的なにおいは具合が悪くなることもあるほどなのに。ニナのにおいだけは身体が心地いいと感じ、柔らかくほどけるようだ。

挿れたら自制できないと言っていたニナだけど、浅い位置までの挿入にとどめ、瑞生の身体を気遣ってくれているのが分かる。

ふたりは手を握りあった。

ニナの鈴口から溢れた蜜ごと押し込まれ、くぽっ、ぷちゅっ、と音を立て、襞を捲り、先端の雁首までを出し挿れされている。瑞生は首を擡げて、そのやらしさに見入った。

「す、ごい……ニナのが、入っ……あぁっ……」

腰の重みだけでやさしく、とろかすように。

「気持ちいい？」

ニナに問われて、瑞生はこくこくとうなずいた。

頭の芯がぼんやりする。目を閉じると、ニナのペニスの硬さを内壁ではっきりと感じる。

性的な刺激で膨らんでいる胡桃（くるみ）を、ニナのしっかり張った雁首で数度こすられるだけで、まるで極まってしまったように、瑞生の鈴口から白濁がだらだらとこぼれた。

「瑞生、イッたみたいに濡れてる」

「はぁっ……ニナの、あぁ、はあっ……」

「瑞生……ここは？　ここも、気持ちよさそう……」

窄まりのふちのすぐ内側に雁首をこすりつけるようにして掻き回されると、あんまりよすぎて口がだらしなく開いてしまう。

ふいにくちびるをぺろりと舐められて、瑞生はくふっと笑った。

そのままくちづけあう間もニナは腰を緩慢に揺らし続け、くちびるをほどく頃には瑞生の中はすっかりとろけていた。

「ニナ……もっと、きて」

瑞生に誘われて、ニナが奥までくるのを身体の中で感じる。

「あぁっ……んんっ」

急に圧迫感が増した。身体を押し上げられるようだ。

「苦しい？」

ニナの問いかけに、瑞生は首を横に振った。

だって、いやな苦しさじゃないから。愛をいっぱいまで詰め込まれて、もうこれ以上は入りきれないところまで満たされていく。それはもう悦びでしかない。

瑞生は手を伸ばして、ニナを呼んだ。

「もっと、入るよね……深いところ。とめないで、ちゃんときて」

「……瑞生」

「ニナと、いちばん深くでつながりたい……」

願いはかなえられ、ニナが更に腰を進める。つながることができる限界まで。互いの身体が、完全に重なりあうところまで。

瑞生は今度こそ奥壁をニナの欲望で突かれるのを感じた。

ぶるりと震えて歓喜する。

最奥に到達した途端、ニナが身を起こし、瑞生の下肢を掴んで身体を大きく揺さ振った。

「あぁっ……ん！」

そうして馴染むところを見つけると、奥深いところに嵌めたままぐりぐりと攻められる。

強烈な快感が背骨を突き抜けた。

まぶたの裏に閃光(せんこう)が走る。間髪を容れず、ぜんぶを掻き出すような抽挿が始まり、瑞生は枕にしがみついた。

「あぁっ、はあっ、あぁっ、……っ！」

脚をニナの腕で拘束され、煽(あお)るような腰遣いで脳天まで響くほど激しく突き上げられる。

「みずっ、瑞生っ……、っ……」

接合した箇所からじゅばじゅばと、耳を塞ぎたくなるほど恥ずかしい音が響いた。何度も出入りするニナのペニスを一瞬も放すまいと内襞が絡みつき、吸いつこうとするからだ。

「やだっ……やっ……」

「とめられないっ」

「は、ずかしいっ、ようっ……」

自分の中からひっきりなしに響いている音がやらしすぎて泣きそう――いきすぎた快感のせいもあって視界が滲むほど眸が潤み、濡れた眦をニナが慰めるように舐めて、それがまたつながったところをきゅんとさせる、快楽のループ。そうして収斂する内壁をさらに、ニナのペニスでぐちゃぐちゃにされる。

――あぁ、どうしよう。ぜんぶ、ぜんぶ気持ちいい。

瑞生の耳朶や首筋を、ニナが鼻や口で嬲りながら腰を遣ってくる。

すごく深い。いちばん感じる最奥に嵌めて、そこばかり攻められたら中が痙攣するほど感じ、呼吸を忘れてしまった。

「瑞生……力、抜けちゃってる?」

耳孔に舌を突っ込まれて、ますます力が入らない。意識が遠のきそう。

ニナにされる何もかもが快楽に直結している。

いつの間にか、ひくひくと横隔膜を震わせて瑞生は涙を流していた。

「瑞生のうなじ、噛みたい……噛んでいい?」

ニナに問われて、されるがままに身体をひっくり返される。

「痛くないように、気持ちよくしてあげる」

うなじに、ニナのくちびると舌を感じるだけで、腰がじいんと痺れた。

やさしく歯を立てて、吸って、体位を変えるために一度抜かれたペニスを再び背後から挿入されたら、それだけでまた鈴口が濡れる。

「膝、立てて」

　ニナに求められ、犬猫の交尾みたいにお尻を突き出す格好になった。ニナのものでそこをいっぱい突いてほしい、という気持ちしかない。

　うなじを愛撫されながら、腰をひたすら進められる。遮二無二（しゃにむに）求められて、瑞生は涙まじりの声を上げた。

「瑞生、身体起こして」

　何を言われているのか頭が働かない。身体の中からと、うなじを食まれるのとで、快楽成分が効きすぎてぼうっとしてしまう。

　背後から羽交い締めの格好で膝立ちになり、無防備な首筋を吸われ、ニナに突き上げられる。瑞生の膝も腰も、自分の体勢を保てるほど力が入っていないので、ニナのペニスで支えられているようなものだ。

「あぁっ……んふ、あっ……あぁ……」

　ぴんと立ち上がった両方の乳首を背後からつまんで揺すられて、快感で内壁が痙攣している。その狭いところをニナの硬茎で掻き回されると、気が飛んでしまいそうだ。

「瑞生……瑞生っ」

　ニナの腕でぎゅっと抱きしめられて、目を開けていられないほど激しく揺さ振られる。もう声も出せずに、瑞生はただニナの腕に縋るしかない。

背後のニナにぐったりと身を預け、彼の思いどおりにされるしあわせ。

「……あぁ、ニナ……ぼく、もう」

がくがくと揺らされ、「イきそう？　イく？」と問われた。

「イく……」

――愛の種が、飛ぶのかな。

ニナに口でうなじを嬲られながらペニスを扱かれ、奥をひとしきり突かれて、瑞生は身体を引き攣らせて果てた。

あとを追うようにして、ニナの熱いもので後孔の奥を濡らされ、瑞生はその瞬間にもがくがくと膝を震わせた。

うまく言葉にできないほどの多幸感に全身が満たされる。

瑞生はニナと一緒にベッドに倒れ込んだ。

激しく暴発したみたいな絶頂感が、ゆっくり下降していく。

背後から抱きしめられ、ニナに髪をやさしく梳かれたり、そこにキスをされたりした。

視界が涙で滲んでいるせいで、自分が今、部屋のどっちを向いているのかすら分からない。

ぼーっとしたままどれくらいかたって、落ち着いたら、やっと頭が動き出した。

瑞生がニナのほうへ身体を向けると、ニナは「おとなしくして待ってたよ」というような

うっとりとした表情で見つめてくる。

だからなんだかいとおしくなって、瑞生はニナの頭をよしよしとなでて、軽くちづけた。

見つめ合い、何度でもキスをする。

「ニナ、訊いていい？」

ニナは柔らかな表情と目で「いいよ」と答えた。

「うなじを愛撫されながらイったら、『愛の種』が出る？」

「あぁ……そうだよ。それ話したことあったかな」

「夢で見た。そっかあれもほんとうだったんだ……じゃあ、ルルは……正真正銘ぼくの子だ」

ニナと瑞生のふたりで飛ばした愛の種。

ルルに「みずのことも、ルルのパパだよって、言っていい？」と訊かれたのを思い出した。

「ルルは……ちゃんと知ってたのかな……」

なのに忘れてしまった。ルルのことを思い出せなかった。

申し訳ない気持ちでいっぱいになり、涙が溢れてくる。

ニナが瑞生の涙を拭った。

あのとき、自分はルルになんと返しただろう。

「ルルに『みずのことも、ルルのパパだよって、言っていい？』って訊かれたとき、ぼくは、そのつもりだった、とか返した。そしたらルルは、『つもりじゃなくて、パパだよ』って」

「ルルにも瑞生とのことは話してないけど、きっと分かってるんだろうな」

自分の子だと知ってて育てたら、もっと気持ちが違ってただろうか。かける愛情は変わっていただろうか。

「知らずに育てたけど、ルルのこともほんとうに愛してるよ、ぼく」

ニナが「うん」とうなずき、なぐさめるように瑞生を抱きしめて頭をなでてくれる。

「愛の種が出たら、またニナとの子どもができる?」

「一組のつがいに、キューピッドはひとりしか生まれないんだ」

それはちょっと残念だ。またルルみたいなかわいい赤ちゃんをコウノトリが運んできてくれて、ちゃんと育てて、天界へ上らせて、ルルと仲良し兄弟なんていいな、と楽しそうな想像を一瞬してしまったけれど。

「俺と瑞生の間にはもうキューピッドは生まれないけど、愛の種は、たんぽぽみたいに飛んで、地上に落ちて、花になる。音符になったり、文字になったりして、どこかで誰かをしあわせにする」

「そっか、煙みたいに消えてなくならないのか……いいね」

目をとじると、たんぽぽの綿毛がふわふわと、風にのって遠くへ飛んでいくのが見えた気がした。

8. 家族写真

ルルは立派なキューピッドとなるべく、あした天界へ上る。

練習用の弓矢を『キューピッド入門セット』の箱にしまい、リュックにおかしをいっぱい詰めて。ルルはきっと天界で暮らす他のキューピッドたちに、地上のおかしを自慢するのだろう。

「荷物多いけど、これだいじょうぶ？　ふらふらしないかな」

「コウノトリさんが迎えにくる。『キューピッド入門セット』持って飛ぶには、さすがに遠いから」

ニナからその話を聞くまで、瑞生はキューピッドが自分で飛んでいくのだと思っていた。

「あ、そうか。だよね」

ルルは緊張しているのか、険しい顔つきで毛繕い中だ。羽をつやつやぴかぴかにしておかないと、ださくてかっこ悪い、らしい。

「ルル、ここにおいで」

ニナに呼ばれて、ルルは広げていた羽をぱたぱたとしまい、ベビー用くまさん椅子にぽすんと腰掛けた。

　ニナは名刺サイズの木箱をひとつ、ルルの前に出して、その蓋を開けて見せた。

「……これなぁに？」

「お守り。ルルがケガなどしませんように、がんばれますようにって。ニーはケガすること多かったから。天界ではこんなの誰も持ってないだろうな。レア中のレアだよ」

「レア！」

　ルルは天界にないもの、という言葉が大好きだ。

「これに、パパの気持ちをこめたよ。天界に行っちゃうとルルの傍にいてやれないけど、ルルが恋のキューピッドとして立派に独り立ちできたら、またこっちで会えるから。それに、コウノトリさんはすごーくときどきだけど、お手紙も運んでくれる」

　ルルは目をうるうるさせながらも「うん」と元気にうなずいた。

「ルル、ぜったいここに来るんだよ。根津神社の前ね。場所、覚えた？　これ、ルルが作ってくれた貝殻のサンキャッチャーが目印ね。いつも窓際に飾っとくから」

　ルルは瑞生にも「覚えた！」と手を挙げてはきはき答える。

　最後の夜に、どこか遊びにいこうか、とか、食べに行こうか、なんて考えたけれど、いつもどおり三人で過ごしたいね、と特別なことはしなかった。

「だって、また会えるしね」

少しだけ先になるけれど、それほど遠い未来じゃない。個体差はあるが、二、三年後というところだろうか。

本音を言うとそれでも長いと思った。そんなにルルと会えないなんてつらい。でも、あんまりその気持ちを表に出すと、ひとり巣立つルルがかわいそうだから、がまんする。

「だいじょうぶだよ。お友だちがいっぱいいるから。天使の親と暮らしてるキューピッドもいるけど、ほとんどが神様のもとで一緒に生活するんだって」

にぱっと笑うルルに、瑞生も微笑み返す。

あしたは泣くかもしれないから、瑞生はスマホと自撮り棒を出して、「今のうちに記念写真撮ろう」とニナとルルを呼んだ。

「ほっぺにちゅーは?」

ルルに催促してツーショット。ニナとルルもほっぺとほっぺをくっつけてツーショット。

「三人で家族写真撮ろう」

ニナの提案で、ルルを真ん中にしてぴったりくっついて並ぶ。

「はーい、1+1はー?」

「ニナのニーっ!」

ルルのかわいいほっぺに両方から、ニナと瑞生がキスをした。

あとがき

こんにちは、川琴ゆい華です。このたびは『天使と家族になりました』をお手に取っていただき、ありがとうございます。

今作は子育てものでしたが、お楽しみいただけましたか？

以下、ネタバレ気にされる方はご注意ください。

担当さんから次作について「できたら×××の（↑ネタバレ）しあわせ子育てもので」とご要望があり、考えたお話です。×××のところをクリアーするために、「ファンタジーで、たとえば攻めと受けが天使と悪魔でもいいですか？」とお伺いしたところOKいただき、最終的に『攻めが天使』というところに着地しました。ですので、天使みたいな、ではなく、本当に本気で天使です！

さらに、『天使の子どもはキューピッド』にしました。キューピッドがたまごから孵るのも含め、ファンタジー設定をいろいろ考えるのが楽しかったです。

『天使は鳥属性』としたわけですが、えっち描写を鳥の交尾に似せて書くとなんだかオメガバースっぽい！　ヒートに似たかんじで発情シーンがあったり、うなじのあたりを噛むのとかね。でも天使のほうは、歯形が残るほど強くないです。首のところを愛撫されたら受けちゃんのア・ソ・コがきゅーんとなっちゃう仕組みです（「どこだ、はっきり書け」と思われるかもしれませんが、作中でないと羞恥心が湧くの)。いやもう、ア・ソ・コと書くのもどうかというう……よし、もうそのことは考えない。あとからこのあとがきを読んで「何言ってんの」ってなるでしょうが。がんばれわたし。

さらに動物病院ということで、小動物がたくさん出てきます。でもよく考えたら、もののけさんばっかりで、ふつうの動物がまったく出てきていない！　ええぇ〜、今気付いてびっくりしました。コウノトリさんも本物のコウノトリじゃないのでね。

中でも目立ったのは、もののけボス猫のカブさんですね。担当さんもお気に入りです。明神先生もラフに「カブさんスキー♡」と書き込んでくださってました。カバーイラストにも登場してますね！　うれしい！

野性猫としてのプライドがあり、口数少なめのドスのきいた声で、鋭い目つきのカブさん。でも情が深くて、瑞生たちのことが大好き。口には出さないけど、ずっと見守ってくれている存在です。ニナがだいぶナイーブなかんじの攻めなので、今作ではスーパー攻め様の称号をカブさんに捧げたいと思います。カブさん目線のSSとか書きたいな。

やさしくラブリーなイラストをつけてくださった明神翼先生。

カバー&口絵のラフを拝見したところです。カバーはしあわせにあふれていてかわいい！

口絵は、明神先生チョイスで描いていただいたシーンです。イラストレーターさんから「このシーンを描きたい」と言っていただくのは、書き手としてとてもうれしいものでございます。挿絵も含め、カラーのほうも完成版を拝見するのが楽しみです！　明神先生、このたびはありがとうございました。

お世話になりました担当様。初稿に書き込んでいただいた言葉（ルルのうしろ姿のかわいい絵も！）、どれも楽しく、そしてうれしかったです。あの最初のプロットが嘘のように、ちゃんと一冊の本になりました（プロットを見た者だけが知っている！）。担当さんのおかげです。ありがとうございました。

さて最後になりました。この本のご感想をひとことでもいただけたらありがたいです。お手紙は担当さんと共有できるのでうれしいですが、ツイッターでもお気軽にお声掛けくださいませ。

またこうしてお目にかかれますように。

川琴ゆい華

「天使と家族になりました」カバー Ⓐ
カブさん
びゃあーおん
ふしゃあああああああっ
カブさん
スキー
こんにちは、明神翼です☆
「天使と家族になりました」、あああー、もぉも
好みド真ん中！の萌え満載な素敵なお話
心から楽しんでニナたちを描きました♡
ほんと、もうずっとキュンキュンして…ふぅ。
素晴らしい一期一会に心から感謝です！
川琴ゆい華先生、たくさんのステキな萌え
キュンがいっぱいのお話を本当に本当に
どうもありがとうございました――!!
ニナ、瑞生、ルル、カブさん♥ もっともっと
読みたかった＆描きたかったです☆
みょうじんつばさ

初出一覧

ダリア文庫をお買い上げいただきましてありがとうございます。
この本を読んでのご意見・ご感想・ファンレターをお待ちしております。

〒170-0013 東京都豊島区東池袋3-22-17　東池袋セントラルプレイス5F
(株)フロンティアワークス　ダリア編集部
感想係、または「川琴ゆい華先生」「明神 翼先生」係

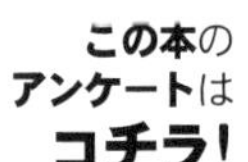

http://www.fwinc.jp/daria/enq/
※アクセスの際にはパケット通信料が発生致します。

天使と家族になりました

2018年1月20日　第一刷発行

著　者
川琴ゆい華
©YUIKA KAWAKOTO 2018

発行者
辻 政英

発行所
株式会社フロンティアワークス
〒170-0013 東京都豊島区東池袋3-22-17
東池袋セントラルプレイス5F
営業　TEL 03-5957-1030
編集　TEL 03-5957-1044
http://www.fwinc.jp/daria/

印刷所
中央精版印刷株式会社